溫潘亞、沐金華、孫曉東　主編

人性的解讀

——蔡文甫小說研究

「蔡文甫創作研討會」開幕式主席台就坐人員。
左起：沐金華、陳義海、古遠清、曹惠民、薛家寶、蔡文甫、溫潘亞、王效平、盧惠餘

蔡文甫先生在研討會開幕式上講話。

鹽城師範學院校長 薛家寶教授 在研討會開幕式上致歡迎詞。

鹽城師範學院副校長 溫潘亞教授 主持研討會開幕式。

鹽城師範學院文學院院長 陳義海教授 在研討會開幕式上致辭。

鹽城師範學院蔡文甫研究所所長 沐金華教授 主持學術研討會。

鹽城師範學院校長 薛家寶教授 向蔡文甫先生贈送禮品。

出席「蔡文甫創作研討會」的全體來賓合影。
前排左起：古遠清、蔡澤松、郁麗珍、蔡文甫、溫潘亞、曹惠民、王效平、陳義海；
后排左起：周浩春、王金陽、張 平、陶文靜、孫曉東、沐金華、郭錫健、盧惠餘、
　　　潘海鷗、王玉琴、李 偉

蔡文甫先生一家與蔡文甫研究所成員合影。
前排左起：李　偉、沐金華、郁麗珍、蔡澤松、王玉琴、潘海鷗；
後排左起：郭錫健、溫潘亞、蔡文甫、孫曉東、徐　峰

蔡文甫先生一家與江蘇省台港暨海外華文文學研究會會長　曹惠民教授合影。

出席鹽城師範學院蔡文甫研究所暨蔡文甫藏書室揭牌儀式代表合影。
前排左起：陳義海、郁麗珍、蔡澤松、王玉琴、李　偉、潘海鷗、徐　峰；
後排左起：孫曉東、王效平、曹惠民、蔡文甫、古遠清、溫潘亞、沐金華、盧惠餘
　　　　　郭錫健、姚公濤

蔡文甫先生一家與蔡文甫研究所祕書　孫曉東合影。

蔡文甫先生一家與鹽城師範學院副校長 溫潘亞教授等人在下榻賓館合影。
左起：沐金華、蔡澤松、郁麗珍、蔡文甫、溫潘亞、孫曉東、盧惠餘

蔡文甫先生與鹽城師範學院文學院學生舉行談話會。

目　錄

前　言

沐金華

　　蔡文甫先生是台灣著名的出版人兼作家，一九二六年出生於江蘇鹽城建陽鎮，一九五〇年赴台。曾主編《中華日報》副刊多年，創辦九歌出版社、健行、天培等文化事業機構並設立九歌文教基金會。著有長篇小說《雨夜的月亮》、《愛的泉源》，中短篇小說集《解凍的時候》、《沒有觀眾的舞台》《霧中雲霓》、《船夫和猴子》等十多部，獲中山文藝獎，金鼎獎副刊主編獎、特別貢獻獎以及中國文藝協會榮譽獎章等諸多獎項，是台灣江蘇籍作家中的傑出代表之一。

　　為進一步彰顯蔡文甫先生的創作成績，交流海內外華文文學研究成果，進而推動江蘇台港暨海外華文文學研究的深入開展，江蘇省台港暨海外華文文學研究會、鹽城師範學院文學院、鹽城市文藝評論家協會、鹽城師範學院蔡文甫研究所於二〇一〇年十一

月六～七日在鹽城師範學院國際會議中心聯合舉辦了「蔡文甫創作研討會」。蔡文甫先生應邀與會並為鹽城師範學院蔡文甫研究所、蔡文甫藏書室揭牌。來自中南財經政法大學、蘇州大學等省內外專家學者及鹽城師範學院文學院二百餘名師生參加了開幕式。江蘇省文藝評論家協會副主席、鹽城師範學院副院長溫潘亞教授主持了開幕式，鹽城師範學院院長薛家寶教授、江蘇省台港暨海外華文文學研究會會長曹惠民教授、鹽城市作家協會王效平主席、鹽城師範學院文學院院長陳義海教授、蔡文甫研究所所長沐金華教授、鹽城市文藝評論家協會副主席盧惠餘教授出席開幕式並分別致辭，對研討會的召開表示熱烈地祝賀，同時也對蔡文甫先生在耄耋之年，親自光臨本次研討會表示深深的敬意。

本次研討會共舉行一場學術研討、一場蔡文甫先生談話會及兩場學術講座。研討會共收到論文十一篇，有九位研究者分別就蔡文甫的文學史地位、創作風格及他小說的美學特徵等方面作了發言，提出了許多新的見解和共識，顯示了近年來江蘇台灣文學研究

的新進展。爲了進一步鞏固蔡文甫研究成果，引導和推動海內外蔡文甫研究的開展，我們特將此次研討會的十餘篇論文結集成冊並由九歌出版社出版發行。同時我們也希望以此次研討會爲契機，在今後一段時間裡，通過廣大研究者共同努力，將海內外蔡文甫研究進一步引向深入和系統。九歌出版社爲此次研討會論文出版提供了大力支持，在此我們謹向蔡文甫先生、蔡澤松女士深表謝意！

本文作者為鹽城師範學院蔡文甫研究所所長、教授

蔡文甫與台灣當代文學

古遠清*

摘　要

　　作爲出版家，蔡文甫十分注重參與台灣
文學史的歷史建構。他主持出版的兩套《中
華現代文學大系》是向文學史交卷，爲台灣
文學史的書寫發聲。作爲編輯家，蔡文甫開
啓了文學出版市場的黃金時代。他主導高

等學校文學教育論戰並結集成書，成了台灣當代教育史和文藝史的重要文獻。作為小說家，蔡文甫的作品是一種傳統的創化。他有意淡化作品的戰鬥性，而著力強調精神性的因素。《天生的凡夫俗子》則是一本能給人思想養料的回憶錄，同時也是一本具有文學史和出版史料價值的好書。

關鍵詞：蔡文甫、出版家、編輯家、小說家

---

*古遠清（1941-），廣東梅縣人。武漢大學中文系畢業。現為中國新文學學會副會長，中南財經政法大學台港文學研究所所長、教授。在海內外出版有《中國大陸當代文學理論批評史》、《台灣當代文學理論批評史》、《香港當代文學批評史》、《台灣當代新詩史》、《香港當代新詩史》、《海峽兩岸文學關係史》、《庭外「審判」余秋雨》等30多種著作。

　　由江蘇省台港文學研究會和鹽城師範學院等單位主辦的「蔡文甫創作研討會」，於二○一○年深秋在鹽城舉行。與會學者提供了許多論文，分別論述了蔡文甫作品的藝術特色。本文只想就蔡文甫作為出版家、編輯家、小說家的成就方面略抒己見。

　　蔡文甫對台灣當代文壇的貢獻，廣為人知的是他為許多作家、學者出了不少有價值的作品和論著。他於一九七八年獨資創辦的九歌出版社，其宗旨「為讀者出好書，照顧作家心血結晶」。當時鄉土文學論戰還未結束，後來又遇上文學商品化的年代，可「九歌」遷就市場卻不違背原則，堅持出版可讀性強又能有益世道人心的高品味書籍。和爾雅出版社、洪範書店、純文學出版社、大地出版社一樣，始終以出版純文學作品為主，堅守自己的文化理念。哪怕是出版市場不斷萎縮，蔡文甫始終不改初衷。以「九歌文庫」下屬的五條書系為例：年度散文選、當代文學系列、九歌小說大河系列、九歌譯叢及九歌文教基金會叢書，膾炙人口的還有「九歌少兒書房」，這些都是台灣出版界眾口皆碑的品牌，可看作是針對台灣文壇豐

碩的成果進行檢視和總結，這有助於台灣文學經典的產生積累資料。

眾所周知，無論是台灣還是在大陸，詩歌均被視爲「票房毒藥」，可九歌出版社從不拒絕詩歌作品。除長時間支持過《藍星》詩刊並出版余光中等人的詩集、白靈的詩論集外，還出版了具有文獻價值即由蕭蕭和張默共同主編的《新詩三百首》。這部詩選企圖描繪中國「新詩的譜系與新詩的地圖」，並爲百年中國新詩「寫史記」。蕭蕭暫時收起原有的本土立場，認同張默所持的大中國詩觀，不僅選台灣詩人，也大量選大陸詩人；不僅選大陸詩人，也選海外華文詩人；在台灣不僅選本土詩人，也選「外省詩人」。這種視野，有助於反映兩岸四地的作家成就，和整個華文詩壇發展的軌跡。該書每篇還附上作者簡介和鑒賞，這有助於提高讀者新詩的欣賞能力。

九歌出版社和別的出版社不同之處，還在於十分注重參與台灣文學史的歷史建構，爲廣大讀者和文學研究者提供優秀之作和豐富的史料。繼一九九八年爲慶祝九歌出版社創社二十周年編印《台灣文學二十年

集》後，又於創社三十周年的二〇〇八年編印《台灣
文學三十年菁英選》。這兩部選集，精選光復後有代
表性的三十位作家的作品，入選者有外省第二代作家
和從東南亞等地移居台灣的作家；其作品也不局限於
在九歌出版社出版的，這便顯示出編者不以人取文的
開闊胸襟。該書分小說、新詩、散文、評論四卷，體
現了戰後新世代創作的實績，展現了台灣文壇三十年
來所取得的成就。這是向文學史交卷，爲台灣文學史
的書寫發出自己的獨特聲音。每篇還附有作者小傳和
作家創作道路的概述，有利於讀者欣賞和閱讀。

　　作家辦出版社是我國新文學的優良傳統。這個
傳統一九四九年後在大陸被中斷，而台灣卻一直保持
著，如陳紀瀅辦重光文藝出版社，王藍辦紅藍出版
社，平鑫濤辦皇冠出版社。在「純文學」等所謂「五
小」出版社中，堅持最久、成效最爲顯著的是九歌出
版社。辦文藝出版社容易倒閉，就是不關門也會越辦
越小，能堅持下來也是因爲滲淡經營，可蔡文甫的九
歌出版社卻越辦越興旺，老字號的「九歌」竟像母雞
下蛋生出了子公司：健行文化公司、天培文化公司，

還有出版社與讀者間的溝通橋梁《九歌雜誌》,迄今
發行三百六十四期。被稱爲大手筆的是繼創辦「九歌
現代少兒文學獎」外,又創辦了台灣其他媒體難以相
比也幾乎是空前絕後的「二百萬長篇小說徵文」。在
「九歌」出版史上,更值得稱道的是《中華現代文學
大系》,其中一九七〇~一九八九年分爲新詩、散
文、小說、戲劇、評論五卷,計十五冊,約六百萬
字,出版後在海內外獲得一片好評,又於二〇〇三年
推出一九八九~二〇〇三年同名「大系」,仍分五
卷,共選三百多位作家的作品,厚達九千餘頁,計
十二冊。這兩套選集的總編輯均爲余光中,他是一位
詩文雙絕的大作家,其他各卷的主編也是各自領域的
成就突出者,因此無論是全書的〈總序〉還是各卷的
〈導言〉,均構成了十年文學創作很好的歷史總結。
對於台灣當代文學研究,這兩套「大系」是不可多得
的參考文獻。如果把各卷〈導言〉匯合起來,也就成
了台灣文學最佳的斷代史。

　　一九三五年,上海良友出版公司由趙家璧主編了
十卷本《中國新文學大系》,香港在一九六八年出版

了第二個十年「大系」，大陸從一九八〇年代也開始
編選「大系」，但大陸出的「大系」基本上不收台港
澳作品，而九歌出版社出的這兩套大系，正好填補了
空白。它不僅在填補空白，「大系」在〈導言〉中對
台灣新文學一九七〇～二〇〇三所做的宏觀總結，其
理論所達到的深度也是前所未有的。這裡還應指出的
是：「大系」定位於「中華」並把「台灣」置於「中
華」之下，這可看出蔡文甫及其編撰者，均認為台灣
文學是中華文學的一部分。這在本土化浪潮鋪天蓋地
襲來的時候，九歌出版社仍高舉中華文學的大旗，這
無疑是一個異數。

　　蔡文甫不僅是一位傑出的出版家，而且還是一
位出色的編輯家。一九七一年七月，《中華日報》社
長楚崧秋大膽起用只出版過六七本作品集的中學教師
蔡文甫做該報副刊主編，一做就是二十餘年。由於
編務繁忙，再加上還要在中學教課，蔡文甫只好中
斷創作，把精力放在挖掘佳作、發現新人上。為了更
好地滿足廣大讀者的需要，《中華日報》除登小說、
散文外，還開闢各種專欄，如「我的生活」、「書與

我」、「我的另一半」、「生死邊緣」、「我最難忘的人」，其中最有名的是替王鼎鈞開闢的「人生金丹」專欄，後結集成《開放的人生》，打破當時暢銷書的記錄，直到今天仍為讀者喜愛而長銷不斷。這本書為爾雅出版社創業挖了第一桶金，由此也開啟了文學出版市場的黃金時代。

台灣報業競爭劇烈，《聯合報》有所謂「副刊王（慶麟）」，《中國時報》有所謂「副刊高（信疆）」，《中華日報》副刊主編蔡文甫夾在中間，被戲稱為「副刊蔡」，但這「蔡」不是「差」的同音，而是「菜」的諧音，即蔡文甫為讀者端出的是一盤營養豐富的精神大餐。兩大報相爭，漁人得利，蔡文甫由此邀來了資深作家梁實秋的「四宜軒雜記」。正因為《中華日報》副刊在報業競爭中找到了自己的位置，時有佳作見報，因而被評論家劉紹銘戲稱為蔡文甫編的是「漁翁版」。（註1）

蔡文甫主持《中華日報》副刊期間，還做了一件大事：主導高等學校文學教育論戰。一九七二年六月

---

1 蔡文甫，《天生的凡夫俗子》，九歌出版社，2005年。

十～十一日，語文學家趙友培在《華副》發表〈我國大學文學教育的前途〉，說明「教育部」曾分令各高等學校包括獨立學院，應增設現代文學系。這篇文章刊出後，反響巨大，《華副》包容各種聲音——無論是贊成在中文系（或國文系）之外另設現代文學系或文藝系，還是提倡保留中文系的古典語文特色，均一律刊出。這場討論，有三十八位作家參加，最後因教育部門制定文藝系課程標準而終結。蔡文甫把全部討論文章輯印成《大學文學教育論戰集》（註2），成了台灣當代教育史和文藝史的重要文獻。後來私立中國文化大學在中文系內增設文藝組，不妨看作是這場論戰的成果。蔡文甫主導這場論戰時看好就收，沒有無休止的讓這場論戰進行下去，這是他作為編輯家的高明之處。

　　蔡文甫是一位嚴於律己、為人正直、以清廉著稱的編輯家。他在主編《中華日報》副刊時，和做中學教務主任一樣不要工資以外的報酬，沒有在自己編的副刊發表自己的文章，也從未在《中華日報》領過稿

2　中華日報社，1973年。

費。他創設和舉辦歷屆梁實秋文學獎，同樣不領評審費和車馬費。他千方百計為作家的精品申請獎項，只盡心做一個為讀者選稿、為作者服務的平凡編輯，維持版面的清純和高品質而已。凡是《中華日報》副刊的專欄文章結集成冊，他也不擔任主編。這位天生的凡夫俗子，只知道像老黃牛一樣奮力工作，不為名不為利，在當今物欲橫流的世界，尤其對照當今為數不少的報刊編輯，以自己主持的版面向報刊同行作為相互交換作品、互發高稿酬的「山頭」，形成了鮮明的反差。

正因為蔡文甫不僅文品而且人品皆優，故先後有皇冠出版社、《中國時報》等單位「挖」他去擔任重要職務，中國文藝協會的少數大老還希望他出任理事長，可蔡文甫不肯見異思遷，更不想放棄剛創辦不久的九歌出版社，因而他婉謝了這些在許多人視之為求之不得的高升要求。現在看來，他不跳槽是他忠誠出版事業，對九歌出版社無私奉獻的最好見證。

蔡文甫的出版家、編輯家的聲譽掩蓋了他作為小說家的地位。其實，他也是一位有創作個性和風格的

著名小說家。以寫於一九五〇至一九六〇年代《成長的故事》為例，這不是人們當年習見的「戰鬥文學」或「懷鄉文學」。它沒有淋漓盡致描述苦難，沒有被迫離鄉背井的感傷，沒有對大陸紅色政權的控訴，從而給人一種不迎合主流話語的清新感。

《成長的故事》是單純的和富有教育意義的。蔡文甫以一位年輕作家的眼光，去觀察台灣社會及其複雜的人際關係。他沒有像長詩〈常住峰的青春〉的作者葛賢寧那樣熱衷於大敘事，而是寫自己理解的小小世界，諸如一個家庭，一個舞廳，一座破廟。小說敘述從容，人物心理刻畫細膩，〈懸崖〉式的愛情故事令人神往，極大地緩解了我們對於那個白色恐怖年代的緊張心理。

在蔡文甫的文學世界中，比「戰鬥」和「復國」更為恒遠的是人性，而比人性更為恒遠的是對未來的憧憬，對美好社會的期待，對和諧人際關係的嚮往。在這部新出版的舊作中，蔡文甫所要表達的依然是道德或者說是「救贖」的主旨，或像〈她要活下去〉告別絕望「向上提升」的力量，或又似〈希望〉所說的：

「希望」是美滿的，經常保持著希望是幸福的，我正憧憬著美麗的未來。

作為從軍隊退役的作家，蔡文甫的第二故鄉台灣是一塊不平凡之地。它經歷過中日戰爭，見證過國民黨撤退來台的艱苦歲月，經歷過血與火的洗禮，這種背景使蔡文甫倍感成長的重要性，他總是把成長和人格的鑄造融合在一起，人性的鍛鍊就是成長的歷史，成長歷史就是人生的重要組成部分。在眾多作家競寫時代的動蕩和戰爭殘酷的年代，蔡文甫將自己的筆觸伸向日常生活，轉向戲院，轉向萬家客廳，轉向夜總會，轉向〈相親宴〉。這種相親宴，是民族型的，又是文化型的，以此描繪出那個年代的社會風俗和生活的歷史圖景。飽含深情的筆觸，加上生動細緻的描寫和如行雲流水的文字，使這些短篇小說和劇本無論在思想性、現實性還是可讀性方面，都有一定新意。

可貴的是，從踏上文壇起，蔡文甫不玩文學，他始終堅持追求人性的完美和「為了他人，犧牲自己

不是傻瓜行為」的思想力量。他不刻意雕飾人性美，也不是說教式的演繹道德主題。他筆下的人性美是情節的自然流露。雖然從現代小說中吸取過營養，但蔡文甫不凸顯現代西方文化中的個性與自由，而更多的是指向民族傳統中的善、忍、寬容的本性。以前面提及的〈相親宴〉為例，在這談婚論嫁的場合上，無數的客人——包括舅公、姑丈、姨媽、區長、局長都帶著搜索、新奇的目光，來觀察未來的新郎何萬福，胡總經理則挖苦他「頭腦簡單，四肢發達」，但他不還擊。對他心愛的人穎香千呼萬喚不出來，雖然感到委屈，但還是耐心等待。到離開時，客人們對他品頭評足，不是說他頭髮樣子難看，就是說他皮鞋又舊又破，家裡一定很窮，但他同樣不和這些人一般見識，只發幾句牢騷便揚長而去。

蔡文甫的小說，是一種傳統的創化。他有意淡化作品的戰鬥性，而著力強調精神性的因素。對老一代希望後來者勝過自己的心情，對年輕人追求美滿幸福婚姻的情感狀態，均浸潤在他的小小說、短篇小說和廣播劇、電視劇中。他力求筆墨有變化，不僅

不重複別人，也不重複自己。他希望「每一篇小說的形式、技巧、描繪方法都不一樣」，如〈相親宴〉、〈犧牲〉是用極短篇的手法，結尾出現高潮，而〈綠衣使者的獨白〉，夾敘夾議，用時空、對話混淆的方式，描繪主人公憂鬱的心情和挫折經歷，與一般的寫法不甚相同。〈成長的故事〉中的男孩，誤以為後母不喜歡他，在一次暴風雨中發現自己誤會了對方，這時他才覺得自己長大成熟了。值得一提的是〈恐怖之夜〉，用全新的超現實主義手法，批判連做棺材都偷工減料這種缺德行為，寫得非常生動。這是一種全新的「恐怖小說」，作者描繪主人公心理緊張狀態起伏有致，寫他受驚嚇而作噩夢的思想變化過程綿密細膩。黑雲壓城的氛圍，「琵琶聲、棺木移動聲、神像吹氣聲」鬼氣拂拂的筆調，幻化出蔡文甫少見的演奏「鬼曲」之淒美。

在一九七〇年代，台灣文壇出現過一種「接力小說」。顧名思義，這種小說是一個人寫開頭，其餘作者按開頭的情節延伸下去。俗云：「萬事開頭難」，負責寫開頭的蔡文甫考慮到其他九位接力作者有內容

可發揮，在布局時精心構思開了一個大門，讓女主角走進學校找老師，使接力者郭嗣汾、司馬中原、蕭白等人有了創造的餘地。這篇小說儘管年代模糊，地點不明，但不妨礙我們欣賞作品的藝術性。蔡文甫深知，一般讀者愛讀小說，是看書中的人物喜怒哀樂的變化，以及愛欲情仇的情節。作品中的人、事、物，在任何時空都可能發生，所以不特別記載時、地，是給讀者留下聯想的餘地，這正是蔡文甫的高明之處。總之，收入《成長的故事》中的作品，無論是長是短，是小說還是劇本，均氣氛濃郁、想像超拔，故事精緻，語言清澈。讀之再三，一切仍舊久久縈回。

蔡文甫還創作過長篇小說《雨夜的月亮》和其他題材的作品，其中重要者是他的回憶錄即自傳。自傳這種文體近年在台灣文壇悄悄流行起來，前後有紀弦的三部回憶錄（註3）、上官予的《千山之月》（註4）、陳若曦的七十自述《堅持・無悔》（註5）、王鼎

3　聯合文學出版社，2001年。

4　台灣商務印書館，2005年。

5　九歌出版社，2008年。

鈞的《文學江湖》（註6）、齊邦媛的《巨流河》（註7）。蔡文甫的《天生的凡夫俗子——從○到九的九歌傳奇》（註8）是其中卓立不群的一種。

作為耄耋老人，蔡文甫仍然思路清晰，往事娓娓道來，這全靠「記憶」、「回憶」這兩種方法。《天生的凡夫俗子》寫著者親歷兵荒馬亂的年代，以至學農不成學文，學文不成學商，學商不成學武，學武不成從公、從教，從事新聞、從事出版……這些複雜經歷之記憶，著者均將其故事化。個別地方也有非親歷性書寫，但都建立在可靠的史料基礎上，因而讀來親切感人。

幾乎在所有關注台灣文壇的人看來，蔡文甫都是一個難解之謎，一個另類的奇蹟。從創設九歌文教基金會到設立九歌文學書屋，從出「名家名著選書系」到出「新世紀散文家書系」，從獲中國國民黨實踐二等獎章到獲新聞局主辦之金鼎獎特別貢獻獎，他每前

6　爾雅出版社，2009年。

7　天下遠見公司，2009年。

8　蔡文甫，《天生的凡夫俗子》，九歌出版社，2005年。

進一步，都在文化界引起巨大的反響。然而人們只看到送給蔡氏的鮮花和掌聲，而忘了蔡文甫事業成功後面一系列的「創傷記憶」。《天生的凡夫俗子》中所寫的這類記憶，有著者擔任值星官處理白雪溜冰團勞軍所謂「不公」的指控，有「遭誤會的桃色紛爭」，有「自修英文連連失敗」，其中《白色恐怖的陰影》所寫小說〈豬狗同盟〉引發差點坐牢的風波，其遭遇令人同情，化險為夷的細節真實可信。除了它是個人的親歷外，還在於作者與官方話語拉開了距離。這是無需政治「正確」而隱瞞事情原貌的真實回憶。

在大陸，作家寫傳記成為一種時尚。不少傳主在寫書過程中，出於現實利益的考量，扭曲記憶的原貌，向讀者遮蔽自己所做過的錯事乃至壞事。如有一位文化名人，為改編、偽造自己的文革歷史，給自傳起了一個花俏和欺騙性的名稱「記憶文學」。他這種「記憶文學」專記自己過五關斬六將的經歷，而有意遺漏自己所做過的蠢事，隱瞞自己所做的錯事，修改自己所做的壞事。在蔡文甫的傳記中，不存在虛偽、欺詐、刁橫、醜陋的痕跡。他深知，真實是人格

的命脈，同時也是藝術的生命線。故他下筆不溢美不拔高，平實寫來，形成其自傳的獨特風格。著者生來就不喜歡鑲金嵌玉的語言，他用一種雖不夠生動但卻十分素樸的筆調記敘。如果說，作者是「天生的凡夫俗子」，那他寫傳記就是「天生的不會說謊話的凡夫俗子」。像他寫自己學交際舞和談戀愛的經過、處罰學生的方式、公文包裡不裝鈔票而裝滿稿件，和《中國時報》要他跳槽而他婉拒的經過，就寫得平凡、平淡、平實，真可謂是文如其人，書如其人。

　　為人誠懇篤實的蔡文甫，從不把自己裝扮為學富五車的知識分子，裝扮為先知先覺的天才。他以自己從軍、教書、編報、出版的平凡經歷串聯出《從○到九的九歌傳奇》。這些經歷不是平分秋色，而是以白手起家辦出版由「蔡三棟」轉到「蔡九棟」乃至「蔡一街」的變遷，形成全書的高潮。在他筆下，有冒險家，有打工仔，有淘金者，有投機商，有助人為樂的好漢，他們相生相剋，共同組成了一個充滿權力、機遇、拚搏、成功的都市奇觀。一個芸芸眾生的欲望與憧憬，轉機與殺機，蔚為大觀，不愧為一位成功人士

的奮鬥史和創業史。

《天生的凡夫俗子》的文獻價值，還在於提供了許多文壇史料和掌故，如林海音審稿細緻到留意作者稿件的裝訂方式、顏元叔的投稿趣聞、在「皇冠」出書的經驗以及梁實秋文學獎的策劃經過，這對了解台灣文壇生態及研究台灣作家的生平，均是難得的第一手資料。

歷史是在否定之否定的過程中不斷演進的。今天，我們一方面要通過讀《茱萸的孩子——余光中傳》（註9）這類名作家的傳記，來確認和承續我們的文化之根和精神之魂，另方面也不能忽略讀出版人的傳記所蘊含的特殊價值和魅力。在《天生的凡夫俗子》中，著者對成長的記憶，對人生的思索，或對故土的懷念，或對楚崧秋這類「伯樂」的感激，均讓人感到自然清新，意蘊深厚。這確實是一冊傾情而作的自傳，一本能給人思想養料的回憶錄，同時也是一本具有文學史和出版史料價值的好書。

9　天下遠見公司，1999年。

蔡文甫精神之魅力

曹惠民*

---

*曹惠民（1946-），江蘇南通人。畢業於北京師範大學中文系、華東師範大學研究院，1982年獲文學碩士學位。

現任蘇州大學文學院教授、博士生導師、世界華文

文學研究中心主任，兼任江蘇省台港澳暨海外華文文學研究會會長、中國世界華文文學學會副會長、中國現代文學館特約研究員等職。曾三度在韓國、台灣任客座教授。

著有《出走的夏娃》（台北，2010）、《他者的聲音》（南京，2005）、《多元共生的現代中華文學》（北京，1997）、主編《台港澳文學教程》（上海，2000）、《1898-1999百年中華文學史論》（上海，1999）、《閱讀陶然》（北京，2000）和《1917-1997中國現代文學史》、《20世紀中國文學史》（合作）等，在海內外發表論文160多篇。

在台灣文學界、出版界，蔡文甫是個傳奇式的人物。

從一個小公務員到《中華日報》副刊主編再到九歌出版公司董事長，從出版界的「黑馬」到台灣出版界大老，從「半人出版社」到「蔡三棟」、「蔡九棟」再到「蔡一街」、「蔡半城」（編按，當時九歌有兩家文學書屋，及辦公室、書庫等多間，文友乃以此謔稱），從教員到作家再到金鼎獎特別貢獻獎得主……蔡文甫不僅創造了台灣出版界的奇蹟，而且成就了當代華文出版界不可複製的典範。

五十二歲，已過知天命之年，在別人也許已是金盆洗手、退隱江湖的時候，蔡文甫卻在朋友王鼎均「美麗的謊言」的慫恿激將下，赤手空拳辦起了九歌出版社，並很快就以不俗的表現引發廣泛的關注。超人的膽識造就的是驕人的成績，一時間，「發表找二大，出版找『五小』」（指台灣當時專出純文學書籍、而規模小人手少的五家小型出版機構：林海音的「純文學」、姚宜瑛的「大地」、隱地的「爾雅」、瘂弦和楊牧的「洪範」以及蔡文甫的「九歌」），幾

乎成了文學界人士的共識。九歌也以自己一連串靚麗的業績屹立於強手如林的台灣出版界，寫下輝煌的歷史！

「從○到九」的九歌成了蔡文甫最大的傳奇——在筆者看來，九歌的傳奇其實是更應該讀作蔡文甫傳奇的；蔡文甫傳奇具有載入華文出版史的歷史意義。

耶魯大學著名教授孫康宜曾為文將蔡文甫的出版傳奇稱作「蔡文甫現象」（註1），從出版現象、文化現象的角度來立論，應當說是有相當的道理的。但筆者想補充的是，一種「現象」的出現、呈現，除了一些看得見、摸得著的書籍、數字、會議、活動、獎項等等以外，一定還有雖然看不見摸不著、然而卻確確實實存在著的東西：一種信念、一種氣質、一種靈魂、一種精神；沒有這種信念、氣質、靈魂、精神，就不可能有那無數的書籍、活動、獎項、研討會等種種作為。正如李瑞騰教授所言：「在八、九○年代文

1　孫康宜，〈蔡文甫現象〉，台灣：《自由時報》，2003年3月12日，《天生的凡夫俗子》，台北：九歌出版社，2005年9月增訂二版，頁490。

學商品化的年代，堅守文學本位，不媚俗、不取巧，卻能在文學書籍市場萎縮的時候，屹立不搖，還有回饋文壇之力，一定有它的內在因素，」（註2）這「內在因素」，除了家人的奧援、團隊的打拼以外，領軍者的精神、氣魄、膽識、視界、毅力當是其中最重要的因素，九歌最大的財富、最豐沛的資源也正在於此。

蔡文甫經驗的豐富內涵、蔡文甫精神的獨特魅力具有值得深入研究的價值。

蔡文甫既沒有很多出版家和文學家都有的驕人的學歷，也沒有什麼家世背景，卻顯示出不少（文學、傳播）科班出身的人都很少有的專業素質和專業水準（新人朱少麟的《傷心咖啡店之歌》遭多家退稿後得以在九歌出版、並在市場和專業界皆獲肯定，為一適例），做到了很多擁有高等學歷或巨額財富的人所沒有做到的事情，固然是由於他的高強能力和一定的財力，更重要的還是他的非凡耐力、毅力，他的眼光和

2　李瑞騰，〈序曲：奏九歌而舞韶兮〉，《九歌20》，台北：九歌出版社，1998年3月版。

膽識。

　　出身於江蘇鹽城一個普通的農家，又生不逢辰：本應讀書求學的年月，正趕上兵荒馬亂的戰爭時代，早早走上獨自外出謀生的艱難人生路，遍嘗辛酸苦辣。用他自己的話來說，是「學農不成學文，學文不成學商，學商不成學武，學武不成從公、從教，從事新聞、從事出版……」（註3）看起來，似乎是路路不通、「半路出家」，其實也未必不是好事。生活的磨鍊正是命運和時代對他最好的賜予，並最終讓他在出版上做成了大事！

　　蔡文甫傳奇，還在於他是台灣文化界少有的多面手，他一身而兼文學家、編輯家、出版家、企業家：論編輯，他主持《中華日報》副刊編務長達二十一年，接觸了無數作者也培養了不少文學新人；論創作，他從一九五一年開始，堅持不懈，出版的長篇小說和短篇小說集有十多種，在五〇年代出道的作家中，他以自己的特色占有一席之地；論出版，他一手

3　蔡文甫，《天生的凡夫俗子》，台北：九歌出版社，2005年9月增訂二版，頁58。

建構了凸顯現代傳播理念、具有系統性的九歌事業群
（包括出版關係企業──健行、天培以及帶有出版輻
射意義的文學書屋、基金會、文學獎等等），三十年
間出版的書籍近二千種，以至於在社會上有「九歌兩
字在出版界代表的就是『好書』」（註4）的美譽；論
賺錢，他也不遑多讓，做這事，做那事，要做成幾件
事，何事不需花錢？可他常說的一句話是，「九歌還
賠得起」，此話聽起來輕巧，但要能說出這種話（而
且是「一再」），該有什麼樣的底氣！

　　平心而論，像蔡文甫這樣的出版人，既有孫康宜
教授所謂的「明清時代的標準文人」的風範，又不失
現代企業家的經營頭腦，能在如此多方面、能有如此
令人矚目收穫者，在台灣固屬鳳毛麟角，即使求諸兩
岸三地及海外的華文出版界也很鮮見。

　　出版人愛書，自然是天經地義。不過到了蔡文
甫這裡，還是讓人覺得有點不一樣。在女兒蔡澤松的
記憶和感覺裡，「書」和父親是劃等號的：「父親視

4　風信子，〈蔡文甫與九歌〉，台灣：《青年日報》，2001年10
　　月14日。

書如命，不論甘苦不離不棄」，「書比較像父親的家人」（註5）。知父者莫若女也。蔡澤松從小到大，耳濡目染，見到的父親從來都是和書緊緊相連相依。她的感覺無疑是深入而準確的。正因為愛書如癡，蔡文甫在甫創九歌時，就抱定三大宗旨：一、為讀者出好書。這裡有兩層意思，出的書要是「好書」，有些書雖然暢銷，但對世道人心無益的，即使能賺錢也堅決不出，反之，賠錢也照出。再一個意思，是出書「為讀者」，而不是為自己，不是為自己或家人圖利、享樂。二、重視名家，也關注新秀。名家的作品水準高，有內涵，理應尊重；新秀富有生機，他們的創作常常體現著讀眾的要求。三，注重文化資料的積累。這樣辦出版社就必然與一般只以出書賺錢的出版商大異其趣。

由他策劃、主持出版的「中華現代文學大系」（一）（二）分別匯總了一九七〇年～一九八九年和一九八九年～二〇〇三年期間台灣文學的代表作品，

5　蔡澤松，〈「書」以貫之的父親〉，台灣：《中華日報》，2005年8月8日。

允稱皇皇巨製。兩套大系均由著名作家、教授余光中擔任總編輯，各卷主編也都是一時之選。前者十五冊，後者十二冊，均囊括詩歌、散文、小說、戲劇、評論五種主要門類。這種大手筆，令人不由得想起一九三○年代，在上海，趙家璧策劃編輯《中國新文學大系》的那段歷史佳話。蔡文甫動念做大系，大約也是受了趙家璧三○年代那套大系的影響，或有學步之意，但比較起來，其實還是有幾點不同：一九三六年，趙家璧為總結新文學第一個十年（一九一七～一九二七）的實績，策劃《中國新文學大系》時，尚未及而立之年，初生牛犢不怕虎，年紀輕，去求蔡元培、魯迅、沈雁冰、鄭振鐸等文壇前輩，倒容易開口，而蔡文甫，做第一套大系時，已年過花甲，做第二套大系時，更是七十七歲的高齡了！老當益壯，老而彌堅，此其謂乎？趙家璧做大系，是用的別人（良友圖書公司）的資源，蔡文甫做大系，卻是以一個私人出版公司、一己之力而為之，承受的風險要更大；趙家璧只做了一套大系，蔡文甫已經做了兩套，在九歌邁入第四個十年之際，蔡文甫面對媒體，信心滿滿

地說還想做第三套！他清楚地知道，那時候自己也要九十多歲了。這是怎樣的一種豪情！就此意義而言，若稱蔡文甫爲「當代台灣趙家璧」，當非虛譽。

出版系列書籍，似乎成了九歌的一個習慣動作，也成就了九歌的眾多品牌。這種系列出版物具有一般出版物不能產生的規模效應和歷史效應。比如「名家名著系列」、「新世紀散文家」系列、「台灣文學二十年集」、「台灣文學三十年菁英選」、「年度文選」等就都是在讀書界產生了長效反響的好作品。出這種系列性的出版物，如果沒有足夠的膽識，在他人或許只是偶一爲之，可在蔡文甫這裡，卻儼然形成了他的出版性格。

對於兒童讀物的重視也是九歌廣受讚譽的善舉。有感於台灣的童書市場爲外國作家的譯作所壟斷，蔡文甫有意提倡國人自行創作原創的兒童文學作品，希望能在安徒生、格林之外，也有大量能滿足華人社會需要，具有中華文化傳統特色的兒童文學作品。從一九八三年始，九歌每年出版一套四冊的童書，且堅持有年，自一九九三年起，更是一年出版兩套八冊的

童書，使兒童文學的出版物幾近二百種之多！與此同時，他又撥出不菲的資金，用於現代兒童文學獎（少兒文學獎）的設立，這是台灣唯一鼓勵少兒小說的文學獎。還在組編年度散文選、年度小說選的基礎上，始創「年度童話選」，極大地推動了台灣兒童文學的創作和繁榮。十年樹木，百年樹人。蔡文甫深知此語的涵義，他為台灣兒童文學——其實也是為華文兒童文學的建樹與努力，將載入史冊，長遠地造福華夏後人。在當下兩岸文壇，以一人之力而為此，雖說是空谷足音，或似有某種悲壯之處，但其情實可憫，其心誠堪佩！

為殘障人士出書是九歌創辦伊始就著力為之的，杏林子、張拓蕪、梅遜等都是有賴蔡文甫的熱忱扶助，才實現了自己出書的夢想。一九七八年九歌的第一批創業六書中就有蔡文甫親自編選的、表現殘障人士動人事跡的散文集《閃亮的生命》。三十年後，他的也是從事出版事業的次女蔡澤松，又再編《閃亮的生命》「續集」《創造奇蹟的人——閃亮的生命二》，傳承綿延之意，清晰可見，從中不難見出蔡文

甫的良苦用心。他是希望借由這樣帶有某種象徵性的
舉動，向世人宣示這樣一個理念：關注弱勢族群，不
能只是說說而已，都可以「從我做起」。每個人都應
以自己從事的職業爲起點，爲社會、爲他人特別是爲
弱勢族群做點兒實實在在的事。如果人人都視其爲自
己責無旁貸之事，世界將會更美好！

蔡文甫做出版，不是出出書而已，更不是賺點錢
就滿足的，他總是在思考台灣文學書籍出版的大勢，
從而確定自己的目標，走不一樣的路，做有意義的
事，出有意義的書。而一旦認準了的事，不管遇到什
麼困難，都不會半途而廢。他以他的行動詮釋了，什
麼樣的人充其量也就是個出版商，而什麼樣的人才能
稱爲出版家。出版家蔡文甫爲台灣出版人豎起了一個
高高的標竿！他不是那種行事高調、以外在霸氣示人
的人，但卻眞正有一種站得高、望得遠、不說大話、
卻能做得成大事的霸氣！

翻譯喬依斯的《尤利西斯》全譯本就是一個佐
證。蔡文甫有感於現代文學巨著《尤利西斯》在全世
界有二百多種外語譯本，卻獨缺中文譯本，便以預支

稿酬的方式，商請旅美學者金隄翻譯《尤利西斯》
（而且不譯則已，要譯就譯全譯本）。《尤利西斯》
是出了名難譯的名著，但偌大的中國、世界上使用
人口最多的中文，如果一直沒有其全譯本，對於一個
有使命感的中文出版人來說，情何以堪！最終呈現在
世人面前的是這樣的場景：在愛爾蘭的喬依斯紀念館
中，被置於中心位置的九歌版中譯本《尤利西斯》是
全世界各種版本中最精美的一部！中文出版人的榮耀
與尊嚴，於一部名著的譯本中得以彰顯。可以說，九
歌雖是個小出版社，但其氣魄、格局之大，怕是某些
大出版機構也難望其項背的！與此相似的，有黃國彬
翻譯的但丁《神曲》（上、中、下）全譯本。蔡文甫
這些舉措所表現出來的世界性眼光和國際視野，正是
一個傑出的出版家最令人稱道之處。

　　出版不是慈善事業，九歌自然也不是蔡澤松曾
經戲稱的「慈濟分部」。做出版要賺錢，無可厚非，
天經地義。區別出版商和出版家的一個方面，是在看
他出什麼書來賺錢，用什麼手段賺錢，由出版賺到的
錢用之於何處。蔡文甫白手起家，經歷過台灣文學書

籍出版的黃金時期,也遭逢過純文學出版不景氣的低谷,難能可貴的是,順遂之時,他從不志得意滿以驕人,挫折來時,他也絕不氣餒灰心怨天尤人。在台灣,堅持文學書籍的出版,又能在商業考量及理想追求之間兼顧的人不多,蔡文甫當是其中的佼佼者。他明知大部頭的套書(如大系之類)並不能賺錢甚至很可能還要賠上一筆,但當他從文化積累的歷史高度,決意要為台灣文學留下寶貴史料的時候,他義務反顧地投下一千萬元(新台幣)的巨資,打造七十至八十年代台灣文學的「四庫全書」(《中華現代文學大系(一)台灣一九七○~一九八九》),又在十五年後以「明知不可為而為之」的意志力,再接再厲,再投下七百萬元,續出《中華現代文學大系(二)台灣 一九八九~二○○三》;此外,撥出五百萬元設立九歌文教基金會;連續多年主辦九歌少兒文學獎及梁實秋文學獎;甚至在長篇小說日漸式微的當下,以二百萬元的高額獎金徵集優秀之作……這些大手筆,都不是一般人能做到的。既要賺錢而又能不為錢失格、不為錢所拘,自謙為「天生的凡夫俗子」的蔡

文甫自有他的不凡不俗、超凡脫俗之處！

精品意識、歷史意識、服務意識，無私奉獻的精神，重「義」（出版之大義）忘利的精神，不屈不撓的精神，正是這些看不見摸不著、但確確實實存在的東西，成就了傳奇的九歌，成就了傑出的蔡文甫。

從一定的意義上來說，蔡文甫是以一人之力，書寫了九歌傳奇。蔡文甫的成功，是台灣當代出版史上濃墨重彩的一頁；蔡文甫精神，也應該是海峽兩岸三地乃至全球華人出版、傳播事業的共同精神財富中不可或缺的一部分。

現象不能複製，但精神可以傳之久遠。

穿行於傳統與現代之間的
蔡文甫小說創作
——以小說集《船夫和猴子》與
《小飯店裡的故事》為例

孫曉東*

摘　要

　　自稱爲天生凡夫俗子的蔡文甫在二十餘
年的小說創作中，出版過《雨夜的月亮》、
《解凍的時候》等十多部長短篇小說集，在
台灣新文學史上產生過影響並占有一定地
位。他在創作中一方面對現實傳統「一往情

深」，從司空見慣的現實中取材，摹寫日常生活中小人物、平常事，表達對處於新舊交替時期普通人的人生、人事的悲憫與嘲諷，另一方面他又在現代和後現代交替的時代語境裡，貪婪地吸收著現代主義的象徵、暗示、聯想、意識流等藝術營養，嫻熟地運用心理分析手法，寫出了現代社會中所面臨的人性困境、人性的掙扎、人性的異化及情感的衝突，從而使他的作品呈現出傳統與現代交融的特色。雖然他有意識地在傳統與現代的關照下，冷靜地剖析了現實生活中存在的矛盾和人性的寂寞、同情甚至嘲諷了處於社會變動中的人生的眾生態，穿行於現代與傳統之間，形成了他獨特的敘事風格，但從總體上看蔡文甫創作的題材還顯得過分「小氣」，缺乏一種時代的宏大敘事和廣闊的人生視野。

關鍵詞：蔡文甫小說、傳統文化、現代主義、
　　　　　人性、宏大敘事

*孫曉東，男，江蘇鹽城人。南京師範大學中文系畢
　業、文學碩士。現為鹽城師範學院蔡文甫研究所成
　員、江蘇省台港暨海外華文文學研究會副祕書長兼
　理事、江蘇省現代文學研究會會員。主要從事海外
　華文文學及中國現當代文學與文化的教學與研究，
　在《社會科學家》、《黑龍江社會科學》、《蘭
　州學刊》、《世界華文文學論壇》等各級各類報刊
　發表研究論文20餘篇。參編《民國章回小說提要大
　觀》一書。

　　自稱爲天生凡夫俗子的蔡文甫是一位與文學結緣二十餘年的台灣資深作家。然而對於現在許多大陸人來說，人們記住更多的是作爲出版人的蔡文甫，而對於這位曾經在台灣新文學史上產生過影響並占有一定地位，著作等身，出版過《雨夜的月亮》、《解凍的時候》等十多部長短篇小說集的的文壇宿將卻日趨淡忘。二〇〇八年，在九歌出版社成立三十周年之時，蔡文甫再版了他在香港出版的第一部短篇小說集《解凍的時候》，重新勾起了人們對這位淡出台灣文壇多年的小說家的記憶。但毋庸諱言，由於海峽兩岸長期阻隔及作家封筆多年等原因，目前在大陸文學研究界對蔡文甫文學創作研究關注不夠，已有的一些成果零碎而不成系統。即便在古繼堂的《台灣小說發展史》這個大陸第一部較爲系統地、完整地論述台灣小說發展的文學史專著中，書中雖有蔡文甫的介紹，認爲他 「是個相當嚴肅的小說家，也是台灣文壇上資歷較深的小說家」（註1），但著者是把他放在六十年代台

1　古繼堂，《台灣小說發展史》，瀋陽：春風文藝出版社，1989年，頁305。

灣鄉土小說作家行列中加以定位、評說，顯然是不夠
準確。蔡文甫早期固然有〈鄉情〉這樣一些表達鄉土
的嚴肅題材的短篇小說，但正如有些研究者所言，蔡
文甫的創作「起初，描寫細膩，用冷漠而嚴肅的態度
刻劃人物，有濃厚的寫實色彩；後來致力於打破傳統
的格局，變換語法詞性，著重心理解析，被列為『現
代小說』作家之林」（註2）。這種風格變化不僅表明
了作家創作的豐富、多變，而且也顯示出蔡文甫創作
中對於中西文化傳統的吸納與交融。作為一個從蘇北
平原走出，居住台灣數十年，有著豐厚「底層」生活
經歷的作家，蔡文甫他一方面對現實傳統「一往情
深」，從司空見慣的現實中取材，摹寫日常生活中小
人物、平常事，表達著對處於新舊交替時期普通人的
人生、人事的悲憫與嘲諷，另一方面他又在現代和後
現代交替的時代語境裡，貪婪地吸收著現代主義的象
徵、暗示、聯想、意識流等藝術營養，嫻熟地運用心
理分析手法，寫出了現代社會中所面臨的人性困境、

2　王鼎鈞，〈有根有本的向陽花木〉，《霧中雲霓》，台北：九
　　歌出版社，1982年，頁3。

人性的掙扎、人性的異化及情感的衝突，從而使他的作品呈現出傳統與現代交融的特色。

短篇小說集《船夫和猴子》最初在一九九四年十一月分別由九歌出版社與美國黎明出版社推出中英文版，二〇〇九年九歌出版社重排推出中英文對照本，分為《船夫和猴子》與《小飯店裡的故事》兩輯向海內外讀者發行。這兩部短篇小說集是由熟知並素極推崇蔡文甫的王克難女士選譯。集中選編的十六篇小說囊括了蔡文甫從五〇年代到七〇年代創作的每一個時期，題材、風格沿襲了蔡文甫的一貫風格，體現著一種「他者」的眼光。本文試圖以這兩部小說集為例，探討蔡文甫小說創作中傳統與現代的關係。

一

每一個人「從他誕生的那刻起，他所面臨的那些風俗便塑造了他的經驗和行為」。（註3）一個作家

3　汪澍白，《二十世紀中國文化史論》，北京：中國青年出版社，1999年，頁24。

創作路徑的選擇也往往與他的出身、學識、教養、經歷、氣質、情趣等密切相關。與出身官宦之家的白先勇等人不同，蔡文甫出身於農人家庭，只有小學學歷，後又投身軍營，歷盡戰亂之苦，隻身漂洋過海。這樣的出身和底層的生活經歷，使得蔡文甫筆下出現的人物不太可能是什麼達官貴人，他描摹或揭示的大多是一些處於社會中下層的船夫、鞋匠、機關小公務員、妓女、小業主、賭徒等小人物的生活狀態以及他們在社會變動時期的人性掙扎、情感衝突與倫理矛盾。而他自幼又在長兄的安排下讀了家塾，誦讀過《千字文》、《孟子》、《左傳》、《古文觀止》、《百家姓》、《唐詩三百首》等古籍，培養起了最初的文學興趣和愛好。後來蔡文甫又通過勤苦自學，高考及格而獲教職，並在一九五一年以「丁玉」筆名發表短篇小說〈希望〉而在文壇嶄露頭角。所以在中國這樣的傳統文化語境中成長起來的蔡文甫，他的道德觀、價值觀和思維方式是很難擺脫中國傳統文化的影響。而這種文化傳統的積澱很大程度上也決定了作家的創作個性，進而影響其創作的總體走向。作家在生

活中選取什麼樣的素材、塑造什麼樣的人物，以及他對人物的道德評價、情感態度等都與作家創作個性中的文化態度脫不了關係。蔡文甫的小說無論取材、語言，還是作品中表達的作者的審美趣味、價值判斷，都很傳統。他的小說幾乎全部是圍繞婚姻、愛情、家庭倫理、生命等幾個主題而展開，尤其是一些關於家庭倫理的篇什更是傳統味十足。〈小飯店裡的故事〉（註4）中的女主人公最後以極強的道德感阻止了自己情感的再一次出軌。〈木桶裡的世界〉（註5）中曾是小偷、賭徒的洪健雄最後改邪歸正，投案自首。〈解凍的時候〉（註6）女主人公在情感與理智的衝突中最終理智戰勝了情欲。這些都證明了中國傳統道德的力量，也顯示作家自身所受到的中國傳統文化的影響之深。除此之外，蔡文甫還常常從中國晚清和「五四」文學中汲取營養，他早期短篇小說〈芒果樹下〉（註

4　蔡文甫，《小飯店裡的故事》（中英文對照本），台北：九歌出版社版，2009年，頁62-84。

5　蔡文甫，《小飯店裡的故事》（中英文對照本），台北：九歌出版社版，2009年，頁36-64。

6　蔡文甫，《小飯店裡的故事》（中英文對照本），台北：九歌出版社版，2009年，頁186-213。

7）就頗類似於中國早期的「鴛鴦蝴蝶派」的「新才子佳人小說」。阿源與娟娟這一對年輕的戀人，情投意合，想不到卻遭到張里長的橫加干涉，試圖索取高額彩禮，拆散他們。阿源決心種植芒果樹，發家致富，在經歷種下一百棵芒果樹病死七十六棵的挫折後，阿源種植的芒果終獲成功。這時張里長也改變了態度，向阿源父親金永福諂媚，稱自己「最大的願望，就是完成娟娟的婚事」，同時他自己也想發家致富，要跟阿源學種芒果，要買阿源家的芒果樹苗。故事就在這戲謔聲中結束。從中我們可見蔡文甫在早期創作中所受到「鴛鴦蝴蝶派」小說創作的影響。蔡文甫在談起他走上文學之路的動力時就曾說過，他童年時候看古典小說，青少年時期繼續看《儒林外史》、《聊齋誌異》、《閱微草堂筆記》，對魯迅、巴金、茅盾等人的作品例如《狂人日記》印象深刻。但最刺激他，也看得最多的恰恰是寫風花雪月的鴛鴦蝴蝶派代表作家張恨水的作品，感到「讀完以後還很受感動，覺得自

7　蔡文甫，《小飯店裡的故事》（中英文對照本），台北：九歌出版社版，2009年，頁138-167。

己也可以來寫小說了。」（註8）

　　中國社會始終是一個以家庭倫理為核心元素建立起來的社會單元，長期的傳統的積澱使之也建構起了以血緣、家本位為基礎的中國穩固的文化體脈。所有的一切組織均以家庭為中心，而且把維繫家族血緣和群體感情的孝悌觀念，確定為最具普遍性的倫理模式和最高的道德價值；以忠孝為核心，配合家族本位形成了三綱五常；任何個人的言論或行為都嚴格受到道德價值和倫理的制約與牽制。然而在社會變動過程中，家族文化中的尊卑等級秩序，父慈子孝、兄友弟恭的血緣親情，這樣的家庭倫理觀念卻在文化轉型的現代遇到了挑戰。蔡文甫在其創作中對中國傳統文化繼承的同時，他還對傳統的道德文化進行了歷史反思。〈三代〉（註9）就寫了與兒子、兒媳生活在一起的一個鰥寡的金老爹所面臨的家庭倫理困境。金老爹歷盡千辛萬苦把兒子拉拔長大，好不容易等兒子成

8　蔡文甫，《天生的凡夫俗子——從0到9的九歌傳奇》，台北：九歌出版社，2001年，頁98。

9　蔡文甫，《小飯店裡的故事》（中英文對照本），台北：九歌出版社版，2009年，頁96-113。

了家，並且有了一個可愛的小孫女，本以為從此可以享受晚福，但他的媳婦卻嫌棄他，媳婦整天打牌，不做事、不燒飯，但回來總是動不動發脾氣，「臉上顯出青筋，眼睛瞪得大大，嘴唇翹得高高，可以掛油瓶。」兒子起先也一味的忍讓，終於有一天吵架時打了她。媳婦於是離家出走。金老爹後來從兒子哄孫女的口中，知道兒子對他媳婦的依戀，金老爹心裡不禁湧起了一股蒼涼之感，感到更加的孤獨了。〈父與子〉（註10）則通過一個遭遇家庭變故的小職員王欣平，因女兒小茹不慎從樓梯上跌倒、大哭而在辦公室引起的異常風波，凸顯處於中下層的普通小公務員在經濟秩序變動異常的時期，所遭遇的家庭與人生困境。王欣平的妻子離家出走，他獨自帶著八歲的兒子小強和五歲的女兒小茹上班，不想小茹因玩彈力球而跌下樓梯，就在他責罵兒子小強沒有看護好妹妹時，他回頭看到兩個月前曾與他爭吵過的辦公室同事丁元秋幫他揩拭辦公桌上他不慎打翻墨水瓶所留下的墨跡

10 蔡文甫，《小飯店裡的故事》（中英文對照本），台北：九歌出版社版，2009年，頁86-95。

時，不禁怒火中燒，以爲她在同情、嘲笑他，不由地大聲對她說「誰要妳管！」「我的手又沒斷。」最終是丁元秋的一番話：「每個人都會遭遇到不幸的，全要看我們有怎樣的勇氣，才能使自己堅強地生活下去……」化解了他的心結，雖然最後故事結局是平和的喜劇收場，但社會變動對普通小職員家庭帶來的悲歡及他面臨的人生、社會困境問題卻令人深思。

二

蔡文甫小說儘管難脫傳統文化的底色，但他也並非外來文化的「絕緣體」。五十年代末六十年代初的台灣，正處於由傳統封建農業社會向資本主義工業社會轉型時期，隨著西方資本主義經濟對台灣的猛烈衝擊，伴隨而來的西方現代主義文學思潮對台灣反共文學一統文壇的局面也產生了極大的影響。大陸與台灣的隔絕，使得許多台灣的知識青年無法從大陸獲取文學的營養，他們不約而同地把目光投向了西方，而此時的台灣，在資本主義經濟浸淫下，人心浮躁，傳統

的倫理道德遭到破壞，人的信仰發生危機及異化，這也便爲以存在主義和弗洛伊德學說爲基礎的歐美現代主義文學提供了適宜的「土壤」。而此時初登文壇的蔡文甫在這現代主義思潮大行天下、西方文藝理論、批評及創作技巧的「狂轟濫炸」情勢下自然不能「免疫」。尤其是當年他以一篇極富道德感的小說〈小飯店裡的故事〉而得到夏濟安的讚賞及後來得以躋身《現代文學》這個台灣現代派重鎮寫手行列，更使得他得以在這個現代派大家族中耳濡目染，影響著他的小說觀，誘發了他的審美情趣的變化。然而蔡文甫與當時台灣一些「現代文學社」作家不同的是，他沒有較高的學歷，也沒有遊學西方的經歷，他對西方現代派創作技巧的吸收更多的來自於當時時代語境的薰染和用心體悟，因而蔡文甫的創作既不同於寫實派現代派小說家於梨華、白先勇、陳若曦等人以反映時代與生活爲己任，善於從歷史和時代興衰的大背景下，展開作品的情節和塑造人物形象，也與非寫實派現代派小說家王文興、歐陽子、七等生等人主張全盤西化不同，蔡氏在現代主義手法的吸收上顯得「節制」，更

多地來自於傳統的創化，沒有刻意去凸顯西方文化中的個性與自我，而是將筆觸伸向社會底層的芸芸眾生，以一種不露聲色的「道德說教」來演繹民族傳統中人性的善、惡、美、醜的主題。他的創作也因此成了台灣現代文學追求的別樣收穫。

蔡文甫小說現代主義特徵的一大特質在於他對西方現代主義文學的聯想、象徵和暗喻手法以及意識流技巧與中國傳統的白描手法的巧妙融合，突破傳統小說以情節為中心的格局，讓人物的意識與潛意識隨著情節的推進相穿插，使正面展開和西方時空交錯相結合，從而達到一種虛幻與真實相生的藝術效果。如他寫於上世紀六十年代的短篇小說〈沒有觀眾的舞台〉（註11）就很好地體現了他的這種特點。小說沒有糾纏於機關小公務員潘禮弼在發薪水時，因同事小高的嘲弄而引發的一場小的衝突，加以情節的鋪敘，而是以白描手法中極為儉省的筆墨敘寫了事情發生後，主人公走出機關會計室來到一個露天舞台所引起的心理、

11　蔡文甫，《沒有觀眾的舞台》，台北：九歌出版社，2009年，頁198-206。

情緒及性格的變化，演繹了一場有舞台而沒有觀眾的人生小戲，探析了處於變動期的社會中普通人所面臨的情感和人生困境。這時的主人公思緒飄忽，既有面對小高嘲弄的憤怒，又有對機關其他人議論的害怕，更有面對出納彭小姐疑惑眼神的畏懼。時空忽遠忽近，觀眾和演員交相穿插，亦真亦幻，最終以潘禮弼僅給自己留下六元八角吃麵條的錢，而在颱風來臨前的沒有觀眾的舞台上，讓幾個留守的演員排隊而給他們每人發了五十元，完成了他人生的一次「演出」。

同樣，在意識流手法的的借鑒與運用上，蔡文甫也並沒有一味地照搬西方意識流創作中過於晦澀、無秩序的意識流動，而是注意外在寫實與內在意識流相輔而行，使刻畫出來的人物既有生活面的廣度又有心理的深度，如〈木桶裡的世界〉裡主人公洪健雄逃回家後藏在一個木桶裡，桶外是追捕的人與家人的對話而道出的事件起因，桶內是洪健雄對自己僥倖逃脫後的慶幸和對自身言行的檢思與懺悔的意識活動。這樣的安排一方面有利於小說情節推演的順暢、自然，另一方面也使得作品中人物意識的流程具有合理性和必然

性，從而也為讀者對他最後選擇投案自首的舉動有了
心理預期，而使人物性格發展不顯得突兀。

蔡文甫小說現代主義特徵的另一特質在於他以一
種現代主義眼光審視處於變動社會中失落的人性，在
「零度情感」下對人物的人生悲憫的抒寫。中國文學
歷來就有「文以明道」的教化傳統，所以傳統現實主
義作家往往「將自己的主體理解投向生活，在表象背
後設置了某種本質，使生活本身成為『本質』支撐和
制約的對象」（註12），強調典型環境的描摹，典型人
物的塑造，追求細節真實來達到顯示作家的審美價值
判斷、人文精神及作品所要表達的特定意蘊的目的。
因而傳統的現實主義「無論怎樣宣傳追求客觀真實，
都因為作家主體觀念的介入，必然對作家所表現的生
活作價值評判，並且作家創作主體的介入越積極、越
充分，作品的意蘊也就越深厚、越鮮明。」（註13）這
樣的現實主義創作對於置身於上世紀五、六十年代價

---

12 王敏，〈論新寫實小說的現代性〉，《福建論壇（人文社科
版）》，2005年第4期，頁92。

13 王敏，〈論新寫實小說的現代性〉，《福建論壇（人文社科
版）》，2005年第4期，頁92。

值失衡、文化失範的台灣文明社會情境中的蔡文甫來
說顯然是不合適的。面對這種傳統價值體系的日趨崩
潰，蔡文甫他無法去深究這種價值失落的根由，也不
能對這種社會生活秩序變動的現實生活作出有意義的
解說，於是他把自己拉到與作品中人物相等同的位置
上，感同身受地展現生活本身，將自己主觀情感控制
在「零度」，冷眼旁觀，默默地抒寫著普通人的苦
難生活，表現著現實社會和生活的難以撼動。因而在
創作中他從不試圖去主導人物的命運，也不期望以高
昂的熱情改變現實抑或以激憤的語言抨擊醜惡，所以
他的作品顯得不溫不火，「不靠高潮，沒有潑辣與刁
蠻或滑稽的特質。」很難看到作家的主觀情感色彩，
「卻值得讀後沉吟玩味」。（註14）他總是以一種「遠
視」的不動容的客觀態度，不動聲色地展現人物的頑
強的生存意志和對於生活目標的執拗追求乃至於對生
活的無奈抗爭。〈憤懣的獨白〉（註15）中的主角是

---

14 齊邦媛，〈彙集成海的六十年代小說〉，《文訊》，1984年第8
期。

15 蔡文甫，《船夫和猴子》（中英文對照本），台北：九歌出版
社版，2009年，頁56-79。

一個啞巴鞋匠。他一天到晚勞作，掙錢給爸爸喝酒、媽媽賭錢和學壞的弟弟花費，但弟弟卻並不同情他，不關心他，更不尊重他；爸爸也不體諒他，只知道用暴君的手段打他、責罵他，根本不去顧及這個不會說話的人的自尊心和高貴感。雖然「他早已明白自己不受人重視。在家中他像個皮球被踢來踢去，又像個玩具，供大家消氣、享樂。」但他還是想到如果媽媽跟禿頭走了，爸爸和弟弟一定很痛苦，家中沒有媽媽照料就不會成為一個家。然而他的忍氣吞聲，換來的卻是媽媽昔日情人禿頭的嘲弄和爸爸的耳光。終於有一天他在禿頭冤屈他後的得意眼光裡，伸手打了禿頭。這是一個「有苦說不出」的現代社會弱小者對生活的無奈和反抗。主人公身體上的疾患固然無法克服，但鞋匠精神上與人無法溝通的痛楚更令人同情。蔡文甫以一種纖細的筆觸，緩緩寫來，作家主體完全退隱在敘述主體之後，但個中所透出的作家對於人生的悲憫情懷卻是我們可以感受到的。

三

　　蔡文甫的小說在台灣現代主義遭受「冷遇」的時代情境下被有些研究者看來是「另闢蹊徑，追求現代文學後的成果」（註16），這是有道理的。但他與後來被人詬病的主張全盤西化、空洞晦澀、浸泡在西方現代主義文學作品裡的現代派作家不同的是，蔡文甫的創作始終未能脫離傳統的「底色」，別出心裁地運用一些怪異的形式和技巧，描寫荒誕不經的內容，而是在中國傳統文化積習的基礎上，有選擇地、創造性地吸收和消化外來文學的影響，在自覺地學習和借鑒西方現代主義文學的過程中，不知覺地融入了傳統的思維方式、審美意識與藝術技巧，穿行於現代與傳統之間，使得民族文化傳統與西方現代主義創作思想、藝術方法和藝術技巧相得益彰，達到一種有機的交融，進而成就了他小說的美學實踐。他的作品至今在中外

---

16 楚茹，〈追求現代文學的成果〉，《沒有觀眾的舞台》，台北：九歌出版社，2009年，頁217。

都擁有讀者就是明證。

　　儘管如此，但如果我們把蔡文甫的創作放在中國社會現代化背景上來考察，相對於文學在社會變革中所擔當的時代主題而言，蔡文甫創作的題材還顯得過分「小氣」，雖然在台灣有論者斷言：「在文學上，一個無名小卒、一個小兵，他的生死可能是一篇了不得的詩，也可能是一篇了不得的小說」（註17），台灣文壇也一度盛行過所謂「大時代，小兒女」的主題模式和標榜「欲情寫作」的創作手法，但文學對時代的激情和關注應該是亙古不變，所以從這點上來看，蔡文甫的創作總體上缺乏一種時代的宏大敘事和廣闊的人生視野。雖然他筆觸的老到，行文的縝密以及對普通底層人性洞察的深刻，一定程度上彌補了他創作的缺憾，但他在中國傳統文化薰染下所形成的平和的心氣、低調的為人及對政治的保守傾向，也在一定程度上制約了作者創作潛能的發揮，從而也造成了作者創作上的一定局限。他的作品往往拘囿家庭、婚姻、事業、情感的圍城，關注小人物、小世界，以身邊小

17 白先勇，《明星咖啡屋》，台北：皇冠出版社，1987年，頁259。

人物、小事件的悲歡爲悲歡，缺少一種風格壯美的美
學追求和激越的時代氣息。當然，這是對蔡文甫的一
種苛責了。對於在新舊交替時期走向文壇的蔡文甫來
說，身上自然不乏對於複雜社會的迷茫和脆弱，但他
能在中西文化融通的時代語境下，有意識地在傳統與
現代的關照下，冷靜地剖析了現實生活中存在的矛盾
和人性的寂寞，同情甚至嘲諷了處於社會變動中的人
生的眾生態，形成了他獨特的敘事風格，終究使他成
爲了上世紀五十年代至七十年代台灣文壇上一個風格
獨具的重要作家。也正因此，他的創作也才會爲研究
者留下了一個意猶未盡的話題。

蔡文甫小說的美學特徵
——以〈誰是瘋子〉為考察中心

王玉琴*

摘 要

　　蔡文甫的小說融合了中國古典小說、現代文藝與西方小說的多種元素。在小說技巧上，蔡文甫融入了戲劇、電影重矛盾衝突與古典小說重情節設置的結構藝術，善於設置層層推進的極限情境；受西方現代小說、台

灣當代作家以及自身對哲學、心理學的興趣影響，蔡文甫重視心理描寫與複雜人性的深入挖掘；從思想內容來看，蔡文甫對善良人性的真誠呼喚，對背信棄義、重利忘義的諷刺和鞭撻，使得他的小說現代主義意味減弱而古典主義意味增強。蔡文甫借現代小說的結構與技巧元素，編織的依然是以傳統道德為旨歸的具有古典情懷的文學空間。

關鍵詞：〈誰是瘋子〉、極限情境、心理分析、古典情懷

---

*王玉琴，女，江蘇鹽城人，鹽城師範學院文學院副教授、鹽城師範學院蔡文甫研究所成員、南京大學文學博士，主要從事文藝理論研究。

前　言

　　福柯曾經說過：「現代世界的藝術作品頻頻地從瘋癲中爆發出來⋯⋯被瘋癲『征服』的作家、畫家和音樂家的人數不斷增多。」（註1）中外文明史上，利用「瘋子」視角來進行文化批判或政治陷害者可謂比比皆是。二十世紀初，魯迅先生的《狂人日記》以「狂人」視角反映一個黑白顛倒的世界，將「正人君子」的猙獰面目與封建社會的「吃人」本質揭露無遺。前蘇聯時期著名的斯大林定律──將政治見解不同者投入精神病醫院，則是利用精神病來達到政治陷害的目的。上世紀七十年代末，蘇聯作家遺傳學家若列斯‧亞‧麥德維杰夫的〈誰是瘋子〉講述了自己被精神病學家診斷成精神病人的過程。本文所關注的同名小說──〈誰是瘋子〉，是祖籍江蘇鹽城的台灣作家蔡文甫上個世紀六十年代的作品──比蘇聯作家的

1　米歇爾‧福柯，《瘋癲與文明》，北京：三聯書店，2003年，頁267。

〈誰是瘋子〉還早。這篇小說也以「瘋子」這一奇特身分入手，以奇崛變幻的故事情節，深入細緻的心理透視將複雜家庭中的人情世故與個人面對命運的無能無力藝術地再現出來，蔡文甫對「誰是瘋子」的獨特拷問，引起讀者激烈的情感動盪與深入思考。

蔡文甫，江蘇鹽城人，一九二六年生，一九五〇年隨軍去台，著有長短篇小說集《雨夜的月亮》、《解凍的時候》、《女生宿舍》、《船夫和猴子》等十多部作品，主編《中華日報》副刊多年，創辦九歌出版公司、健行文化公司等文化事業暨九歌文教基金會之後，成為台灣著名的文化人及出版家，其小說家的身分漸漸淡漠。綜觀蔡文甫的文化貢獻，不難發現，他經歷了一個自文學而文化的成長歷程，其精準的編輯眼光，宏大的文化視野均與他成功的小說創作密不可分。與蔡文甫在台灣的文學聲望相比，大陸對蔡文甫的作品引介與文學研究尚處於空白狀態。本文以〈誰是瘋子〉為切入點，聯繫蔡文甫其他小說，探索蔡文甫對存在世界的挖掘，以窺見其獨特的小說美學世界。

壹◎對極限情境的層層推進

　　蔡文甫的小說大多以青年男女為小說的主人公，而這些青年男女往往生活在一個破碎殘缺的家庭。當這些青年男女被推進到人生的又一個十字路口，主人公的愛恨情仇往往在瞬間被激發，從而使自己的生活情境發生意想不到的轉折。衝突——這個原本在戲劇中被經典運用的元素，在蔡文甫小說中經常被巧妙的設置與運用。難能可貴的是，蔡文甫的小說從來不用漫長的情節鋪墊來實現這種衝突的效果，往往在文章一開始迅速地將主人公推進到極限情境當中。薩特在談及他的〈死無葬身之地〉時說過，「我感興趣的是極限的情境以及處在這種情境中的人的反應。」此處借用極限情境來概括蔡文甫小說中的危險之境。〈誰是瘋子〉一開始，就將「我」面臨的窘境直截了當地凸顯出來，十七歲的「我」（阿杰）父親剛剛去世，家裡唯一的所謂親人是二十八歲的後母，父親去世一個月，後母就花枝招展地打算改嫁，覬覦「我」家產

的朱先生不時上門，對「我」形成了高度的威脅。這
篇小說的開頭方式與中國古典小說的寫作路數不太一
樣。對於中國古典小說而言，提供比較具體的背景、
按照時間順序敘事是一種習見的做法，而蔡文甫的小
說往往單刀直入。這種小說開篇技巧非常接近西方小
說的某種創作模式，「西方小說習慣於從『中間』下
手。」（註2）蔡文甫小說多數從中間開始，一方面通
過回憶串聯起過去，一方面以現在繼續展開，其長篇
小說《雨夜的月亮》發生的實際時間就是從第一天黃
昏到第二天清晨──下了一夜雨的時間，但該故事通
過主人公回憶所包容的時間卻長達二十多年。

　　蔡文甫高明的小說技巧與他自身對古典小說和世
界名著的化用不無關係，他說：

　　我把家中的《三國演義》、《七俠五義》、
《小五義》、《續小五義》、《封神榜》、《金瓶
梅》、《東周列國志》等小說全看了。（註3）

2　曹文軒，《小說門》，北京：作家出版社，2002年，頁149。
3　蔡文甫，《天生的凡夫俗子》，台北：九歌出版社，2005年，
　　頁76。

在教書這段時間，猛啃中譯世界名著，凡是在台北市重慶南路書店出現的翻譯本，幾乎都讀遍。由於王夢鷗先生講解並討論福祿拜爾的《包法利夫人》，以及由朱西寧主編《世界文學名著賞析》，指定我分析雷馬克的《凱旋門》，便對這兩本名著下了很多工夫。我的創作或多或少受這二書的影響。但《文學雜誌》、《現代文學》等大力介紹西方的如福克納、卡繆、喬伊斯、吳爾芙……等作家及其作品。我只能讀到片段的譯文、評介及作家生平，無法窺其全貌。（註4）

由此可見，在寫作技巧上作家得益於東西方小說的將養，在設置情節時既吸取了西方小說敘事策略，從「中間」視點向前、向後開進，也無形中融合了古典小說在情節設置上峰迴路轉的結構藝術。由於情境的不斷轉換，人物的複雜心理與行為邏輯也在矛盾中被一步步激化。〈誰是瘋子〉中，「我」由於年齡還

4　蔡文甫，《天生的凡夫俗子》，台北：九歌出版社，2005年，頁288。

小，不足以跟後母對抗，只好將沖天怒火轉發到女傭
與家裡養的鵝身上，這種旁敲側擊的對抗正好給城府
頗深的朱先生提供口實——這孩子瘋了。於是一次不
動聲色的飯局很快將「我」直接送往瘋人院。情節至
此似乎到了高潮，然而真正的戲劇性衝突正是從瘋人
院開始的。「誰是瘋子？」這個懸念從「我」的自省
一直延伸到小說的結尾。

　　懸念以及衝突，是蔡文甫中短篇小說化用得最
得心應手的重要元素，但是，懸念與衝突只是手段，
並非目的。以層層懸念帶動衝突，引起極限情境的層
層遞進，既是蔡文甫情節設置的獨到之處，也是在懸
念帶來的極限情境中開展對人性的考量，為了達到這
一目的，蔡文甫常常在其小說中利用「曲徑通幽」的
策略，像電影、話劇一樣，將人物之間的矛盾衝突不
斷強化。〈誰是瘋子〉中的「我」，以正常人的實
質被後母的情人——海關官員朱先生送進瘋人院，這
是「我」面臨的第一極限情境——朱先生害「我」，
目的不言而喻：娶「我」的後母，借此霸占本該由
「我」繼承的萬貫家產。情節至此風起雲湧，然而作

者並不滿足，他爲了讓讀者了解「我」處境的艱難，再次將「我」面臨的處境加以深化——看上去原本善良的後母也要害「我」，她花錢收買看管「我」的老鄧要老鄧下毒藥毒死「我」，這是「我」在瘋人院面臨的又一險境，我目前唯一的親人——後母也要害「我」。這二層險境沒完，第三層險境又雪上加霜地來到了，瘋人院院長是朱先生的好友，這個以治病救人爲使命的院長也被朱先生收買，要求看管「我」的老鄧堅決地將我「結束」。「我」的險境就這樣一層層加碼。如果前兩次，「我」還能由於老鄧的幫助而化險爲夷，那麼，院長的命令，老鄧卻無法不執行了。文章以一次次的懸念、衝突將「我」與家人、「我」與外人、「我」與醫院（社會）的矛盾層層激化，本來已經生成的極限情境沒有峰迴路轉，而是再上險峰。

蔡文甫這種高明的敘事策略，除了與他自己對東西方小說的閱讀和學習相關外，也與他五十年代所接受的文學培訓密切相關，他曾經參加過兩次寫作培訓，一是參加「中國文藝協會」舉辦的電影話劇講習

班，在電影話劇講習班，「班主任是中影公司總經理
袁從美，其中講座都是名編劇、名導演，因而知道什
麼叫『蒙太奇』、『淡入』、『淡出』、『模型搭
景』……以及編劇、台詞……等有關技巧。」（註5）
一是參加了「中國文藝協會」主辦的第二期小說寫作
班，蔡文甫對電影、話劇以及小說理論方面的系統學
習為他以後從事小說創作打下堅實的基礎，他總結這
兩次學習時說過：「我從幼年失學、流浪、從軍、離
開家庭，一直沒有安定的日子，現在工作及學習環
境，對自己非常有益，正是求知若渴、向上提升的好
時機。」（註6）這兩次系統的寫作培訓，輔之以蔡文
甫旺盛的求知欲與某種內在的對文學的感悟，生成了
蔡文甫極有個性的寫作模式，即對情境的層層推進，
利用某種衝突的情境開展對世事、人心的探討。蔡文
甫的其他小說──〈雨夜的月亮〉、〈愛的泉源〉、

5　蔡文甫，《天生的凡夫俗子》，台北：九歌出版社，2005年，
　　頁168。

6　蔡文甫，《天生的凡夫俗子》，台北：九歌出版社，2005年，
　　頁168。

〈斜分的方塊〉、〈保密〉、〈舞會〉、〈敞開的門〉、〈生命和死亡〉等，都是在對極限情境的層層設置中，彰顯人物複雜、多變的個性，將人性精微的內心世界予以深入細緻與鞭辟入裡的描繪——跌宕起伏的極限情境，爲塑造致廣大而又盡精微的人性圖景奠定了一個堅實的基礎。

貳◎對複雜人性的深邃探索

　　對於某些高明的小說家而言，人性的探索與刻畫可能比創造出具有史詩意義的作品更具有吸引力。長期以來，國人所欣賞的文學作品往往要求具有某種史詩意味。我們所熟知的《芙蓉鎮》、《平凡的世界》、《穆斯林的葬禮》、《白鹿原》、《秦腔》等，都是某個時代某個特定地域發生的帶有波瀾壯闊意味的宏偉敘事。從某種意義上講，宏大敘述的作品更容易引起文學史家的注意，所以歷史上曾經某個時期，錢鍾書、張愛玲、徐訏等沒有進入文學史。綜觀蔡文甫的小說世界，他更注重在時代影像中突出人性

的光輝，「人的本性和善惡的標準，仍是亙古長存的。」（註7）「時代在變，生活形態在變，但人性的善惡、喜怒、嗔貪等特質仍亙古常新。」（註8）在觀念的寬容與更新上，蔡文甫曾經走在大陸作家的前面。

蔡文甫對人性的深層挖掘與上文提及的極限情境不無關係，對情境的設置是小說技巧層面的探索，而對人性的追尋則是蔡文甫小說觀與思想層面的反映，這一點對於研讀蔡文甫的小說至關重要。情節、布局是外在層面，思想才是根源和根基，才是蔡文甫小說的美學特質所在。

在〈誰是瘋子〉中，主人公「我」──「阿杰」是一個思想感情極為豐富的青年──一個還沒有當家的但又極具家族使命感的青年，對一切事物有著異乎尋常的敏銳。他能夠清晰地感受到追求「我」後母的朱先生是一個不折不扣的貪婪者，然沉浸於愛情中的

7　蔡文甫，〈追憶那時代人們的形象〉，《女生宿舍》，台北：九歌出版社，2008年，頁3。

8　蔡文甫，〈常存感恩的心〉，《雨夜的月亮》，台北：九歌出版社，2009年，頁5。

「我」的後母渾然不覺。至此,「我」與後母、朱先生產生了一種內在意義上的對抗——正直、忠誠與邪惡、背叛的對抗。文中對朱先生的刻畫不多,然通過朱先生行為的刻畫,一個虛偽、殘忍的海關官員形象被淋漓盡致地展現了出來。朱先生對後母的追求——或曰朱先生的愛情是多麼的虛偽,蔡文甫借朱先生將當時社會中功利分子的貪婪本性進行了深入的刻畫。文中的朱先生,奸殺了老鄧的妻子,霸占了老鄧的家產,接著又以娶「我」後母的名義覬覦「我」的家產。朱先生與瘋人院院長沆瀣一氣,坑害了像老鄧與「我」一樣的善良公民而毫無懺悔之心,人性的善良遭遇了人性的醜惡,善良的人們被惡人迫害得家破人亡,老鄧最後將唯一的女兒託付給我後最終將朱先生殺死而後自殺,真正上演了一場瘋子式的舉動。看似極為內斂、沉著、冷靜的老鄧最終以瘋子一樣的行為殺死了朱先生。到底誰是正常人?誰是瘋子?

在〈誰是瘋子〉中,這種對「瘋子」的質疑與拷問一次次通過「我」的自訴與情節發展得到充分的展現:「我」被當成瘋子送進了瘋人院,「我」的

後母一次送了毒藥，一次送了致癱瘓的藥給老鄧，
要求老鄧害「我」致死或者致癱。瘋人院院長——
「看起來，他是那樣慈善的」院長要求老鄧將「我」
與炸死的死屍放在一起，誰是真正的瘋子？蔡文甫正
是以這樣一種深刻的反諷式的疑問來探索人性的複雜
與微妙，瘋子像正常人一樣主宰著社會的咽喉，正常
人卻被當成瘋子關進了瘋人院，當善良的人們處在一
個「無法替自己說話的地方」怎麼辦？這是蔡文甫為
「我」的處境所出的一個難題，當「我」的所謂的親
人在覬覦「我」的家產甚至生命的時候，誰——能夠
真正拯救「我」？救死扶傷的醫院院長？接替「我」
父親位置的海關官員朱先生？「我」的後母？蔡文甫
以他精緻的情節設置與深入的人性刻畫拋給我們一個
個疑問。文章對老鄧的刻畫是在不知不覺中進行的，
與「我」素昧平生的殘疾人老鄧最終一次又一次地拯
救了「我」——真正的善良人性存在於我們看似微不
足道的小人物身上，他們與我們素不相識，但卻有著
與我們相似的人生體驗與同命相連的痛苦感受，看管
「我」的老鄧，不僅一次又一次地化解了「我」的

險境，讓「我」一次次地轉危爲安，還對「我」寄予深刻的信任——將她最寶貝的小女兒小蘭託付給了「我」。老鄧對「我」的誠摯的信任，與女兒的悲情告別以及殺死朱先生的無奈抗爭，是小人物一種獨到的也不得不如此的生活選擇。孔子曰：「禮失求諸野。」蔡文甫將對善良人性的期望寄託於一個爲復仇而死的落魄的小人物身上，表明了蔡文甫對小人物的一種眞正的理解、同情與關懷，表明蔡文甫對某種具有永恒意味的人性的關注與渴望。

蔡文甫對人性世界的表現如此豐富而又深刻，一方面與他西方現代小說的學習、體驗以及文學培訓密切相關外，也與他身邊的師友有莫大的關聯。他在函授學校工作期間，「接觸和晤談的都是名教授、名作家如梁實秋、王夢鷗、李辰冬、謝冰瑩等老師，……從他們的言談、討論，對寫作的技巧和實務，有許多新的看法。耳濡目染，難免不影響我的寫作方法，特摘錄印象深刻的名家箴言如左：……不要局限一地，只要寫出普遍的、深刻的人性，就會傳之久遠。」

（註9）蔡文甫的小說之所以將人性作爲探析的重點，和這些聲名卓著的作家影響不無關係。另外，曾有一個時期，他對哲學與心理學也產生了濃厚的興趣：

在考試的空檔期，發覺對社會科學以外的書發生興趣。便讀了哲學概論、心理學、病態心理學以及中國通史、西洋文化史等與考試無關的書籍，那好像是打開智識之窗，要探首進去尋找淵源。也可以說，讀書的範圍愈讀愈廣博。（註10）

這就不難理解，蔡文甫怎麼如此深刻而又精確地寫出一個被關進瘋人院的青年異常豐富的心理世界了，作家在心理學與病態心理學的造詣爲他切入人的潛意識世界提供了條件。在〈無聲的世界〉、〈新裝〉、〈釋〉、〈逃學日記〉、〈敞開的門〉、〈移愛記〉等作品中，作家對啞女、大齡女青年、逃學兒童、已

9　蔡文甫，《天生的凡夫俗子》，台北：九歌出版社，2005年，頁280。

10　蔡文甫，《天生的凡夫俗子》，台北：九歌出版社，2005年，頁181。

婚婦女、青年女學生等各種性格的人物心理都進行了
準確而又精微的刻畫，令人對這種心理探析的細膩、
生動、傳神嘆爲觀止，外界評價蔡文甫的心理描寫
「心細如髮」（註11）可謂恰如其分。

　　但是，即便蔡文甫小說中運用了大量的心理描
寫，使用了不少意識流手法，一般評論者卻並沒有將
蔡文甫劃歸到台灣現代派作家當中，古繼堂《台灣小
說發展史》中即是如此，究其原因，當爲蔡文甫更多
的是在創作技巧層面化用了現代派手法，現代派文學
的荒誕、焦慮、恐懼等思想主題並沒有深入到蔡文甫
的創作理念當中。

參◎以古典的道德情懷爲旨歸

　　在〈誰是瘋子〉中，「我」被老鄧從瘋人院放
走後，終於找到了日月潭的姑母家，姑母和姑父以濃
濃的親情接納了「我」和老鄧的女兒，不僅如此，姑

---

11 王少雄，〈評介《移愛記》〉，《移愛記》，台北：九歌出版
　　社，1984年，頁278。

父還遠赴我住的瘋人院，準備去報答老鄧，並真誠地
邀請老鄧來到我的姑父家。作者對姑父、姑母的塑造
雖只有寥寥數頁，但其對我的濃濃親情卻躍然紙上，
「我」儘管在瘋人院非人非鬼，到了姑母家則徹底地
安心。老鄧託孤於「我」，悲情抗爭表明了其殺身成
仁、鏟除奸惡的道義情懷。由〈誰是瘋子〉的最終結
局可以看出，儘管我在整個瘋人院的生活時時處於凶
險當中，但因為有老鄧的存在，我一次次柳暗花明。
老鄧——寄寓了「我」的全部希望，作品對老鄧的刻
畫和塑造採取了某種「欲揚先抑」的手法，一開始，
老鄧冷漠而且好像貪財，隨著情節的峰迴路轉，老鄧
的善良、執著、冷峻以及最終復仇除惡的激烈舉動都
表明老鄧是一個心地善良而又嫉惡如仇、敢作敢為的
人。作者對家族親情的描述，對老鄧殺身成仁最終結
局的設定，表明蔡文甫內心深處對古典道德情懷的深
深依戀。這正如楚茹所說：「文甫運用了『單一觀
點』（或稱『控制觀點』）的手法，配合著『意識
流』的技巧，壓縮時空，把人生從『陷網』中追尋解
脫的過程，表現了道德上的意義，即使免不了傳統主

義的道德色彩。」（註12）

　　筆者閱讀過蔡文甫的數十篇長中短篇小說，對小說中人物最後的情感皈依和思想皈依做了統計，發現蔡文甫對家族親情、傳統道德的表現深切而動人。不管人物經歷了多少艱難困苦，如果有眞情、正義的慰藉，則再大的痛、再多的難都可以化爲烏有。結合蔡文甫一些中短篇小說，如小說集《飄走的瓣式球》中的〈兩兄弟〉、〈兩姐妹〉、〈飄走的瓣式球〉、〈豬狗同盟〉等作品，會發現蔡文甫對兄弟之情、姐妹之情、祖孫父子之情、甚至動物之間的友愛之情都給以迴腸蕩氣的描述，蔡文甫對人與人之間尤其是親情、愛情、友情的表述明顯帶有儒家強調「仁義禮智信」的古典情懷。在一些描述愛情的小說中，如〈愛的迴旋〉、〈化裝舞會〉、〈成長的代價〉、〈芒果樹下〉等，均對嫌貧愛富、重利忘義的庸俗愛情觀加以諷刺和鞭撻。蔡文甫對善良人性的謳歌與讚美，對古典道義的不離不棄，均廣泛而又深刻地反映在他眾多的文學作品中。正如另外一

---

12 楚茹，〈人生一舞台─談蔡文甫的小說〉，《台灣新生報》，
　　1982年7月8日。

位鹽城籍作家曹文軒所說，「文學從一開始，就是以道義為宗的。」「不講道義的文學是不道德的。」（註13）蔡文甫對道義、真情、良心的文學闡釋具有深刻的淨化心靈的美學意義。

為什麼蔡文甫的小說有這樣一種古典的道德情懷？從「知人論世」的角度也許可以找到答案。筆者以為，蔡文甫確實如他自己所說，是一個「天生的凡夫俗子」，但「凡夫俗子」的境界並非唾手可得，而是深得中國傳統文化的濡染之後，是「下學而上達」的結果。為什麼這樣說？蔡文甫作為一個中國人，常常在力避鋒芒中求得「至善」的境界，他在總結作為主編的經驗時說：

推己及人，我希望能藉此多鼓勵像當年我這樣的文壇新兵，直到今天，我不敢說自己提拔了多少新人，但我確是刊用了不少青年作家的作品，他們才漸漸嶄露頭角。這不是誇大自己的功勞，而是在

---

13 曹文軒，〈文學：為人類構築良好的人性基礎（代序）〉，《曹文軒經典作品》，北京：當代世界出版社，2006年，頁1。

某種崗位上，能夠以認真、敬業的態度治事，即自
會產生影響力，尤其是文化工作者更是責無旁貸。
（註14）

由此自述可以看出，蔡文甫是一個極為謙遜和慎獨的
人，結合蔡文甫童年時代所受的私塾教育來看，蔡文
甫身上受儒家文化薰陶的印跡較為明顯。在早年的私
塾教育中，蔡文甫除了學習童蒙讀物《千字文》、
《百家姓》、《唐詩三百首》之外，《大學》、《孟
子》、《詩經》、《左傳》、《古文觀止》等均學習
過（註15），早年教育對其一生的影響很大。另外，
蔡文甫童年時代看過大量的古典小說，「青少年時期
繼續看《儒林外史》、《聊齋誌異》、《閱微草堂筆
記》，而魯迅、巴金、茅盾等人的作品如《狂人日
記》，『也讓我印象深刻』。」（註16）筆者以為，儘

---

14 蔡文甫，《天生的凡夫俗子》，台北：九歌出版社，2005年，
　　頁342。

15 蔡文甫，《天生的凡夫俗子》，台北：九歌出版社，2005年，
　　頁70、76。

16 丁文玲，〈無盡文學路—蔡文甫以小說顧盼人生〉，《雨夜的
　　月亮》，台北：九歌出版社，2009年，頁357。

管蔡文甫成年之後研習過不少世界名著，但其吸取的主要是外國名著的寫作技巧，其思想精髓仍不脫其早年私塾教育與中國古典小說與現代小說的深刻印跡。正因爲如此，蔡文甫做人也好，作文也好，其思想深處既融合了現代意識，也不脫古典情懷。孔子曰：「樂而不淫，哀而不傷。」沈德潛《說詩晬語》曰：「溫柔敦厚，斯爲極則。」蔡文甫的小說風格也在某種意義上呈現出溫柔敦厚的美學趣味。無論是閱讀蔡文甫的小說，還是閱讀他的自傳，甚至感悟他的傳奇式的人生經歷，筆者都能深刻地體味到他的「人學觀」與「小說觀」的完美契合。作爲一個自幼接受過私塾教育、青少年時期生長在以家長制爲根基的家庭中的蔡文甫，具有某種深入骨髓的古典情懷，這種古典情懷主要表現在他強烈的家園情結，隨和中正的處事作風，圓融無礙的上進心上。蔡文甫這種帶有理想主義色彩的古典情懷深刻地反映在他小說的思想觀念上。

結　論

　　綜上所述，蔡文甫的小說美學融合了中國古典小說、現代文藝與西方小說的多種元素，是帶有多元文化內涵的獨特的小說觀。在小說技巧上，蔡文甫融入了戲劇、電影重矛盾衝突與古典小說重情節設置的結構藝術；受西方現代小說、台灣當代作家以及自身對哲學、心理學的興趣影響，蔡文甫重視心理描寫與複雜人性的深入挖掘，這使得蔡文甫小說帶有明顯的現代主義文學特點。然而，結合蔡文甫對人物命運的最終設置與人物心靈的深入探索來看，會發現蔡文甫小說當中的人物具有深刻的古典精神與古典情懷，他們重視忠孝節義，重視家族觀念與真摯的愛情、親情與友情。蔡文甫對善良人性的真誠呼喚，對背信棄義與見利忘義的諷刺和鞭撻，使得他的小說現代主義意味減弱，現代主義小說中的人性乖張、荒誕與悲哀，在蔡文甫小說中並沒有成為主流，故筆者以為，蔡文甫借了現代小說的結構與技巧元素，編織的依然是帶有

中國傳統與古典情懷的文學空間，其思想內蘊以古典
的道德情懷為最後的皈依。

對映體結構形態處理技巧

——蔡文甫小說《愛的泉源》藝術探討

李　偉*

摘　要

　　長篇小說《愛的泉源》是蔡先生的力
作之一，旨在表現「台灣南部」都市青年
和「農村兒女」不同的人生觀、事業觀和愛
情觀。小說不以情節取勝，而是以其獨特的
敘事方式給人耳目一新之感。小說的故事時

間長度為一年半，但在敘述中，敘述者放棄
了一般敘事虛構作品所慣用的以時間為主導
和中軸的敘述傳統的老路，而是淡化時間概
念，削弱時間功能，創建一種對映體結構形
態，來處理故事情節的發展和人物的行動，
從而把一系列生活化的瑣碎事件組合為文本
的有機部分。也就是說，作者不注重於描寫
人物，事件也不是通過時間去貫穿，而是通
過互映關係，通過比較顯出人物性格，表現
主題。文章將從空間對映體、人物對映體、
事件對映體的建立所凸顯的內在意義來剖析
《愛的泉源》的對映體結構形態處理技巧。

關鍵詞：蔡文甫、對映體、形態、事件、空間

---

*李偉：女，1974年生於江蘇鹽城，鹽城師範學院文
學院副教授，碩士，江蘇省中國現代文學研究會會
員、江蘇省台港文學研究會會員、蔡文甫研究所成
員。近年來在《浙江社會科學》、《當代文壇》等
刊物發表學術論文十多篇，曾獲鹽城市第八次哲學
社會科學優秀成果三等獎。

前　言

　　蔡文甫先生一九二六年生於江蘇鹽城，一九五
〇年四月赴台，曾主編《中華日報》副刊二十一年，
創辦九歌出版社、健行文化公司、天培文化公司、九
歌文學書屋等並設立九歌文教基金會。二〇〇五年獲
金鼎獎特別貢獻獎。著有長短篇小說集《雨夜的月
亮》、《解凍的時候》、《女生宿舍》、《船夫與猴
子》等十多部，作品被譯成英文、韓文；自傳《天生
的凡夫俗子》，獲中山文藝傳記類文學獎。在出版業
和文學創作都取得很大成就的蔡文甫先生鮮爲大陸人
所知，特別是他的文學成就。

　　小說《愛的泉源》是他的力作之一，出版於
一九七五年，重排版於一九九五年，是一部描寫「台
灣南部」城市和「農村兒女」的不同人生觀、事業
觀、愛情觀的小說。文本中的男主角王銘亮爲了「三
個鄉鎭的病蟲害預測」和「雜糧作物生產專業區計
畫」的實施，爲了有益於這一服務區農友的事業，

「默默辛勤工作」在農村；他的未婚妻范小蕙，是企業界有一定地位的范治平的女兒，她無興趣在父親的企業做事，經同學許美玲介紹到追求她的蘇德榮的公司去工作，但她極希望王銘亮能到她父親的企業去幫忙，同時，她也希望王銘亮廝守在自己的身邊，生活在都市。他們各執己見，互不遷就，「再加上有心人故意挑撥、離間」，不得不分道揚鑣（註1）。最終，王銘亮與房東的女兒、同事陸麗麗結合，范小蕙與蘇德榮訂婚。文本故事時間長度為一年半，但在敘述中，敘述者並沒有完全沿著敘事虛構作品以時間為主導的敘述傳統的老路走，而是削弱時間功能，創建一種對映體結構形態，處理故事情節的發展和人物的行動，把生活化的瑣碎事件組合為文本的有機部分。本文將從空間對映體、人物對映體、事件對映體的建立及其所凸顯的內在意義來剖析《愛的泉源》的對映體結構形態處理技巧。

---

1 蔡文甫，〈增加了解減少誤會——寫於《愛的泉源》重排新版之前〉，《愛的泉源》，台北：九歌出版社，1995年。

壹◎空間對映體顯現文化對立

　　《愛的泉源》建造了兩大空間對映體：台灣南部農村——以明禮村爲中心和某一都市。這兩大空間對映體如同兩大建築物對峙而立：一個是台灣傳統建築風格，一個是西方現代建築風格。兩大建築物表徵著不同的文化，既形成對立，也互爲映照。後者，是都市文化，是現代西方文化的打造品。人們吃著西餐，喝著可樂，玩在歌舞廳，住的是樓房，談論的是生意，是價值觀；男子穿著西裝，女孩子穿著超短裙；大街上車輛穿梭，晚上燈光耀眼……。這裡的一切不論是物還是人，都被外來文化所包裝，原本的傳統文化成爲沉澱物。而前者，儘管現代工業產品也部分進入農友家庭，人們受用著電視、電冰箱……，這些影響人們原有的生活方式，但無力動搖沉澱在人們骨髓裡的中國古代傳統文化的根基。人們住的依舊是「紅

瓦、灰墻的房屋」（註2），頭上仍「戴斗笠」，青年
男女交往，女孩子會「很羞怯」，他們依然會被「大
家」「用幾分新奇的目光注視著」，「這兒沒有其他
娛樂場所」，「唯一」有的，只是一家「電影院」。
都市文化的勁風驅逐不了這裡的純樸、自然、和諧的
民風；相反，民風和促使民風的厚重的傳統文化卻抵
抗著都市文化的「入侵」。

　　這兩大空間對映體是隔斷的，是彼此獨立存在
的，因而，二者的對映關係和文化對立現象並不易被
察覺，但，作者十分巧妙地通過某一事件或某個人物
作為媒介將兩個空間對映體加以關聯，把對映關係和
文化對立現象顯現出來。最為有趣和明顯的是范小蕙
的「迷你裙」。范小蕙從都市坐車到明禮村來向王銘
亮興師問罪，在街上遊逛的時候，她發現了這樣的問
題：「也許是她的裝束和這兒的人們不同，已引起了
很多行人的注意。她把鮮豔的迷你裙往下拉一拉，想
遮住裸露太多的大腿；但那只是白費力氣。在城市倒
不覺得自己的衣裙太短，怎麼和這兒的女孩一比——

<hr>

2　蔡文甫，《愛的泉源》，台北：九歌出版社，1995年，頁3。

再從別人注視的目光中，就體會到短得太多了。」

（註3）我們應該看到，在小說中，出現在明禮村的范小蕙既是一般的書寫個體，也是重要的書寫媒介體，是她將兩個對映體的對映關係和文化對立現象明顯化。「她的裝束」，她的「迷你裙」象徵著都市文化。「在城市倒不覺得自己的衣裙太短」的她與她生活的都市文化是合拍的，或者說，是都市文化的薰染才使她有這樣的造型；在來到明禮村的最初，她並沒有覺得自己與這一空間的文化格格不入，當「從別人注視的目光中」獲取信息之後，才意識自己的裙子比「這兒的女孩」「短得太多了」，大腿也「裸露太多」。明禮村人眼中的她的造型是他們所擁有文化的異質對象，是不能相容的一種文化；明禮村人「注視的目光」是文化對抗心理的反應。明禮村人目光中的她，和她目光中的明禮村人，是代表著兩種文化，目光的相遇也就是文化的相撞。文化碰撞的火花在范小蕙心中綻開，當她從明禮村回到都市之後的一天中

---

3 蔡文甫，《愛的泉源》，台北：九歌出版社，1995年，頁186-187。

午，應蘇榮德之邀來到一家飯店之後，她發現：「這飯店的情調，和那冰果店絕對不同。吃早點的顧客很多，人人臉上的表情，像是有所爲而來，談生意，話家常，交換價值觀念，哪裡會像鄉下那純樸、自然、清幽……？」（註4）我們說，范小蕙的這種文化對抗感受正是作者建造的兩大空間對映體文化對立現象書寫所要表明的，也是所希望的效果。

這兩大空間對映體的建立，十分有利於它們對映關係密度和文化對立現象強度的增大。兩大空間對映體就像兩個大倉庫，根據各自的文化特質的定位，可以將若干個文化分類地存儲進去，不會受到容量的限制。因爲我們必須承認，這個「大倉庫」——空間，是與現實實體相區別的，它並不是「物理和數學上可以測量的空間形態」，而是文本的虛構空間，並不像「在現實中那樣確實存在著」。（註5）再因爲，我們還必須承認，文本中所描述的文化不管是物質的還是

4　蔡文甫，《愛的泉源》，台北：九歌出版社，1995年，頁200。
5　〔荷〕米克‧巴爾，《敘述學：敘事理論導論》（第二版），譚君強譯，北京：中國社會科學出版社，2003年、頁157、頁12-13。

非物質的，特別是物質的，同樣也與現實實體相區別。鑒於這個意義上的認識，我們說，作者創建的空間對映體既是有限也是無限的空間，而文化的容納卻是無限的。不管文化的容量有多大，就如作者所處理的那樣，只要將它與人物或敘述者相關涉，就會有效地凸顯其特質。特質愈加分明，作為對映體的空間，它們的對映關係也就愈加清晰，對立強度也就愈加突出。

貳◎人物對映體形成觀念碰撞

《愛的泉源》的人物處理與傳統方法有著明顯的區別，後者往往通過敘述者的不斷敘述或評價把讀者引向有關人物性格或形象特徵，以及人物關係等方面信息的捕捉；而前者則儘可能少地讓敘述者敘述，像海明威那樣盡量「抹去敘述的痕跡，使敘述者」可能多地「讓位於人物」，「把發言權」「交給人物」，

並使人物「占據前台」；（註6）不過，作者沒有完全成為海明威的「影子」，他通過人物對映體中心構建來展現人物和人物間的關係，使人物的諸觀念在互映中互顯，把讀者帶入另一種藝術享受。

小說一開始，作者就謀劃好了人物對映體中心構建。王銘亮為了自己的興趣和理想，而遠離未婚妻范小蕙來到明禮村，住到了陸麗麗家，而陸麗麗對王銘亮是拒斥和冷漠；范小蕙為了排遣王銘亮走後所產生的內在空虛和無聊，似願非願地接近了蘇榮德，蘇榮德為追求范小蕙，對她百般殷勤，甚至獻媚。這樣，王銘亮與范小蕙的對映關係，蘇榮德與陸麗麗的對映關係，也就基本確定了。雖說王銘亮與范小蕙原本是一對戀人，似乎不需要構成對映體，但事實上，他們的愛情並沒有基礎，作者將他們作為對映體正是為了表明這一點，表明他們的愛情破滅和分道揚鑣是自然的結果。蘇榮德與陸麗麗這一對映體，從人物的關係來看，從文本的敘述開始到結束，他們都沒有相遇

6　張薇，《海明威小說的敘事藝術》，上海：上海社會科學院出版社，2005年，頁93。

過，也不存在任何一種形式關係。觀此而止，自然有人會問：那作者是以什麼凝聚對映體和構建對映體中心的呢？

對這兩個問題的回答，可以概括爲一個詞：觀念。我們隨著對映關係的展開便可清楚這一點。

王銘亮與范小蕙的對映關係是以人生觀爲紐帶；而蘇榮德與陸麗麗的對映關係是以愛情觀爲紐帶。王銘亮與范小蕙訂婚是文本中的一個歷史性事件，但他們何時訂婚的，爲什麼訂婚和訂婚的愛情基礎如何，文本始終都沒有提及。應該說，自由戀愛的青年男女訂婚就意味著他們的愛情進入成熟期，基礎是相當牢固的。可是，王銘亮與范小蕙的愛情似乎並不這樣，他們的愛情發展不是在訂婚這個人生里程碑上走向更好更完美，而是隨著王銘亮離開都市之後，不斷地惡化，直到破滅。他們的愛情之廈倒塌的眞正原因，可以說，並不完全是因爲「有心人故意挑撥」而造成的；退一步說，即使沒有「有心人故意挑撥」，他們的愛情也不會到永遠。因爲，他們的人生觀不同。王銘亮摯愛自己的專業，追求自己的理想，他的願望

就是「爲多數人謀福利、求快樂的工作」，因而，他「把全部時間和精神，集中在工作上；即使有了閒暇，也不放棄閱讀的機會。所以，他很早起床，到田野去工作、讀書，或是在辦公室研究、整理資料」。（註7）而范小蕙是一個沒有明確理想的人，她沒有人生追求，如果說有的話，那就是：她希望有一個青年男子關心她，體貼她，順從她；她到蘇榮德公司去工作，是爲了逃避父親的管束，是爲了打發時間，是爲了解悶。她對王銘亮放棄都市生活，而到農村去工作無法理解，對他的人生觀不屑一顧。

蘇榮德與陸麗麗的愛情觀不同。蘇榮德的愛情觀是對漂亮年輕女性的占有。在文本中，他與范小蕙的第一次接觸就帶著目的性，爲達到這個目的，他追求范小蕙不是以感情爲力量，而是以手段爲能事。他爲了得到范小蕙設下了一個又一個圈套，循序漸進地把范小蕙緊緊地控制在自己的手中，最終得到她。而陸麗麗對王銘亮的愛是由排斥開始的，在後來的交往中，轉向友好，再轉向暗戀，因爲她知道王銘亮與范

7　蔡文甫，《愛的泉源》，台北：九歌出版社，1995年，頁212。

小蕙訂婚了，直到范小蕙與王銘亮解除婚約之後，才將暗戀「亮相」。她對王銘亮的愛是以感情、志趣、事業觀為基礎。

以上論及的兩對對映體構成了對映體結構中心。對映結構中心的建立便於小說中的其餘人物在各自的空間中按照自己的方式展現自己，並能極大地豐富文本的內容。但由於兩大空間對映體的建立使主要人物的活動空間受到了一定的限制，也就是說，主要人物不便於在兩個大空間之間走動。為了消解這一不利因素，並使人物對映體結構中心得到建立和不使它被解構，作者特別注意人物對映體的聯綴處理。

在小說中，金平河這個人物不是一個主角，但他的紐帶作用是不可忽視的。在文本中，他的位置和作用比較特殊，是明禮村富豪金德豐之子，是陸麗麗的追求者，是一個「既不讀書，又不肯做事，成天游手好閒，打架鬧事」之徒（註8）。他與文本中的各人物對映體都往來。由於他的「上竄下跳」，不同空間對

8　蔡文甫，《愛的泉源》，台北：九歌出版社，1995年，頁36。

映體中的人物對映得到了關聯，使對映成為可能。不論是王銘亮與范小蕙兩個對映體，還是明禮村與某個都市兩個對映體，以及范小蕙與蘇德榮的愛情和王銘亮與陸麗麗的愛情的對映、雜糧作物生產專業區計畫實施與金德豐的自私不合作的對映，等等，對映關係惡化也好，改善也好，總之，與金平河不同程度的催化有關。作者選擇金平河作為各對映體關係的紐帶，此手法是高明的。

參◎事件對映體揭示品質差異

在進入問題討論之前，我們有必要對我們所說的「事件」作一個界定。關於事件界定，在學界可謂眾說紛紜，莫衷一是。如果我們將具有代表性的米克・巴爾的「事件」界定作為標準的話，那麼它不能滿足我們的要求。他說：「在本書中，事件被界定為『由行為者所引起或經歷的從一種狀況到另一種狀況的轉

變』。」（註9）我們說，「轉變」是由行動者的前後兩個行動的差別構成；在文本中，從語言學的角度來看，它是通過兩個不同的謂詞來完成。這樣，他的事件界定的「界」就太狹小了。如果我們參照米克・巴爾的界定，那麼我們所要界定的事件就是指一系列的事件，或者說，是事件序列，它可以成為一個獨立的小故事。為了表述上的方便，故我們不能以「小故事」來取代「事件」。

《愛的泉源》在事件處理方面具有自己的獨到之處，作者往往隱蔽前一個事件與後一個事件相連接的時間標記，或模糊事件間跨度的時間量。換一個說法，就是作者把事件從時間軸上切割出來，在將具有空間——時間維度的事件重新組合的過程中，儘可能地把它在時間軸上所擁有的時間順序性標籤摘除掉，對事件作空間化的處理。但他的事件空間化處理又不同於一般方法的處理，而是把它構建成事件對映體。這樣，使事件在對映關係中揭示人物和事件本身的品

9　〔荷〕米克・巴爾，《敘述學：敘事理論導論》（第二版），譚君強譯，北京：中國社會科學出版社，2003年，頁157、頁12-13。

質差異。

　　小說從王銘亮離開都市到明禮村作為敘述的起點，以王銘亮與陸麗麗在農會的會議廳舉行婚禮為終結，這之間歷時一年半。在這一年半中發生許多事件，對事件，隨著空間對映和人物對映體結構中心的建立，作者也採取對映手法加以處理。下面，我們就摘取幾例事件加以解讀來說明我們的觀點。

　　王銘亮初到明禮村，忙著安頓、報到和接受工作任務；而都市的范小蕙與許美玲、金溫平、蘇榮德在梅園飯店吃喝，接著去舞廳跳舞。前者忙碌，而後者休閒；前者為人生奮鬥，而後者尋找人生享受；前者「為多數人謀福利」尋找機會，而後者為消費尋找場所。

　　一次下班後，為了感謝陸麗麗對自己生活上的照顧和工作上的支持，王銘亮邀請陸麗麗到「海鮮大王」小餐館吃飯，這是文本中第一次也是唯一的一次寫他請陸麗麗吃飯。整個事件充滿著友誼、感激和無瑕。而蘇榮德也請范小蕙吃飯，喝咖啡，而且不止一次，但每一次都帶著陰謀和手段，事件中顯現著征服

與被征服，控制與掙扎，挑戰與防禦。蘇榮德曾對范小蕙說過：「人生下來就是為自己的需要奮鬥、掙扎。如果每樣事物，都輕易的順手可得，活著還有什麼意義！」（註10）蘇榮德的「人生哲學」決定了范小蕙和蘇榮德每一交往事件的品質。

小說中不止一次寫到王銘亮與陸麗麗獨處的事件，但自始至終沒有寫過他們在談情說愛，他們不是在探討一些問題，就是陸麗麗向王銘亮請教學習上的難題。進取成為他們的事件的主題。而蘇榮德與范小蕙獨處的次數有限，但在僅有的幾次中，占有和滿足成為他們的事件的主題。一次，蘇榮德與范小蕙在舞廳跳舞，范小蕙接受了蘇榮德的「火熱的目光」，「瞇著眼享受」著，跳舞「直到終場」。此時的范小蕙與王銘亮的婚約還在延續之中。更為突出的一次是，晚上，范小蕙與蘇榮德撇開他人在海灘上散步，在談話間，「蘇榮德突然攫住她，緊緊抱住她，她感到胸中透不過氣來，呼吸急迫而短促，她已無力避開

---

10 蔡文甫，《愛的泉源》，台北：九歌出版社，1995年，頁40。

他的嘴唇」，「她也用力的回抱著蘇榮德」（註11）。
這時的范小蕙與王銘亮在感情上出現了大裂痕，她在
心理上要與王銘亮分道揚鑣，但事實上，她還沒有與
王銘亮解除婚約。《愛的泉源》中這一類事件的敘
述，在對映下告訴讀者，王銘亮和陸麗麗的愛情是在
友誼、無私、進取向上的精神交往中自然生成的；而
范小蕙和蘇榮德的婚約是占有與滿足，自私與肉體的
標籤。

以上我們從主題的角度選取了三類事件對映體的
事件，作為解讀的對象，由此也可以看到，作者從對
映關係處理事件，使事件在最大程度上掙脫時間和空
間的限制，使事件敘述有更大的靈活性和自由性。

以上也是對《愛的泉源》對映體結構形態處理技
巧所作的嘗試性探討，還有更多更深層的問題有待以
後研究。這一結構形態處理使敘述者有更自由更靈活
的敘述空間，敘述者不必謹慎地考慮情節問題，也不
必過多地考慮核心事件與派生事件關係的處理問題，
它是一種「形散而神不散」的小說模式。

---

11 蔡文甫，《愛的泉源》，台北：九歌出版社，1995年，頁208。

愛情的考驗考出了人性的美醜

——讀蔡文甫先生的《雨夜的月亮》

潘海鷗*

摘　要

　　長篇小說《雨夜的月亮》寄託了蔡文甫先生對人性的思考與表現。有關愛情的考驗很巧妙的將父子兩個人的故事聯繫在了一起，並且考出了故事中各個人物不同的品性與人生觀：愛情的考驗考出了劉培濱的輕浮

與麻木，愛情的考驗考出了于雲雷的執著與
善良，愛情的考驗考出了唐升辰的庸俗與勢
利，愛情的考驗考出了彩嬌的任性與無助。
作者對美好人性的張揚、對醜惡人性的批判
使得《雨夜的月亮》具有了一種提升人向上
的力量。

關鍵詞：愛情的考驗、人性、輕浮與麻木、執
著與善良、庸俗與勢利、任性與無助

---

*潘海鷗，女，1975年生，江蘇鹽城人，鹽城師範學
院文學院副教授、南京師範大學文學碩士、鹽城師
範學院蔡文甫研究所成員，現主要從事中國現當代
文學教學與研究工作。

　　蔡文甫先生的《雨夜的月亮》是一部好看又耐看的長篇小說，小說中對於場景氛圍的渲染，對人物心理細緻的刻畫，情節懸念的精心設置等等都充分顯示了蔡先生非常精湛的小說寫作才藝。長篇小說《雨夜的月亮》有十五個章節的篇幅，但有意思的是如此大篇幅的小說敘述的卻僅是一夜間的事。作者以交替的方式講述了一個老年人劉培濱和一個年輕人于雲雷從黃昏到第二日清晨這一夜間的經歷。早年縱情聲色，一次次拋妻棄子的劉培濱貧病交加，在雨夜求告無門最終孤寂地死於街頭。少年時期被父母拋棄，被恩人傷害的于雲雷在雨夜經歷愛情、恩情和金錢的多重考驗，最終在清晨以堅定的態度走向希望、新生。小說中劉培濱一夜的經歷和于雲雷一夜的經歷，作者是通過兩條敘事線來分別展開的。雖然隨著小說情節的發展，劉培濱與于雲雷之間的父子關係得以揭示，而且兩條敘事線在情節發展上也偶有交集，但是總體上來說兩條敘事線索彼此是獨立的。將兩個人的毫無關聯的經歷置於同一文本中交替呈現，不可能是作者想要節省篇幅。那是什麼原因，讓作者採用了這樣的結

構，通過細緻閱讀文本，筆者發現父子兩個都經歷了一次愛情的考驗，他們的故事都是緊緊圍繞他們各自人生的那次愛情考驗展開。劉培濱當初接受了妻子彩嬌的愛情考驗，這次愛情考驗爲劉培濱贏得了與彩嬌的婚姻，同時也埋下了其一次次拋妻棄子的禍根；于雲雷面臨著強妮的愛情考驗，這次愛情考驗讓于雲雷和強妮袒露了彼此的心跡，同時也使于雲雷能夠放下心中所有的芥蒂，以自信、輕鬆的心態走向美好的未來。愛情的考驗成爲父子故事發展的線索，也讓更多人因爲它捲進了父子兩個人的故事。愛情的考驗使父子的故事構成了對照，正是在這種對照中，豐富的人性才得以充分呈現，作者的褒貶態度也得以自然巧妙地流露。

劉培濱：愛情的考驗考出了輕浮與麻木

小說中劉培濱貧病交加地掙扎在雨夜中，沒有一個人施與援手，最終在凌晨凍死街頭。但劉培濱的死似乎並不能夠激起讀者太多的同情，這種下場可以

說是他過去所有的惡行結下的惡果。他一次次地拋妻棄子，一次次地將女人與孩子置於苦難之中，就像早年遭其拋棄的茹茹指責他時所說的，「有沒有想到我們的生活，如何艱難？有沒有想到失去父親管教的孩子，會淪落到如何地步？」（註1）劉培濱早年玩弄和拋棄女性，不管不顧自己的親生骨肉，但是晚年面對妻兒的指責，劉培濱並沒有太多的悔意，因為他認為自己所犯的一切錯誤都是被當年那個愛情考驗逼的。面對他人的指責，劉培濱在內心一次一次地對自己說：「發現自己的人格破損，是由於她的作弄，才從兩條腿的人，變成四條腿的獸。他變了，變得不認識自己，再不把女人當公主、皇后似地看待，哪管她是阿秀、茹茹、梅寡婦……以及許多有名字的，沒名字的，高的、矮的、胖的、瘦的女人，他都用各種方法接近她們，賤視她們，虐待她們。」（註2）原來當年劉培濱追求太太彩嬌時遇到了強勁的情敵胡百理，而彩嬌在他們兩個人之間難以取捨。於是彩嬌就提出讓

1　蔡文甫，《雨夜的月亮》，九歌出版社，2009年，頁51。
2　蔡文甫，《雨夜的月亮》，九歌出版社，2009年，頁98-99。

他們接受愛的考驗，誰願意繞村爬一圈自己就嫁給誰。最終劉培濱順利通過愛的考驗，並娶彩嬌爲妻。但是通過作者細膩的心理刻畫可以發現，劉培濱接受考驗並不是出於對彩嬌的愛，而是出於男人可笑的好勝心。文中提到：「他突地發現和胡百里賭氣鬥勝的成分，要比對彩嬌的愛心強烈地多⋯⋯不是因爲胡百理虎視眈眈於彩嬌身旁，他早就沒了追求彩嬌的興趣。」（註3）因此剛聽彩嬌讓他們接受愛情的考驗時，劉培濱覺得荒誕不已，因爲他犯不著爲彩嬌學習獸式的爬行，他暗暗決定明天重新開闢愛情的戰場，去追求更合適他的理想對象。但是當他發現胡百理願意接受考驗時，賭氣好勝的心理再次占了上風，因此他接受了這個屈辱的考驗。僅僅出於賭氣好勝，就草率地接受考驗，並娶自己並不愛的彩嬌爲妻，愛情考驗考出的不是劉培濱的眞情，考出的卻是他視愛情與婚姻爲遊戲的本性，考驗出的是他自以爲是的男人尊嚴。所以並不是彩嬌的考驗讓他失去了做人的尊嚴和責任感，恰恰是彩嬌的考驗充分暴露了遊戲人生、不

3　蔡文甫，《雨夜的月亮》，九歌出版社，2009年，頁184。

負責任的本性。劉培濱兩次離家出走，將家庭的重擔丟給彩嬌；在朋友的慫恿下，替阿蘭贖身，然後又拋棄她；面對茹茹的肉體誘惑，輕易地放縱情欲，最後又棄她不顧，種種惡行是劉培濱遊戲人生、不負責任的本性使然，所謂愛情的考驗讓他變成這樣只有他自欺欺人罷了。

年輕一代中的毛建雄和劉培濱一樣，他們「在享樂和頹廢的世界裡，吃喝玩樂度過一生，不顧慮做人的責任，沒有遠大的抱負和理想，正像白蟻一樣，隨隨便便誕生，啃咬著高樓大廈的梁柱，一旦壁倒牆歪，便隨著迷迷糊糊死亡」。（註4）毛建雄依仗家中優越的物質條件，整日吃喝玩樂，與女孩子玩愛情遊戲，一旦要他負起情感的責任立即就選擇逃避。他與強妮談戀愛，雙方父母已經以親家相稱，但他一聽說強妮懷孕的事就立即決定和「水蜜桃」訂婚，以此來擺脫強妮的糾纏。沉溺於欲望、沒有理想、不知責任，過去的劉培濱就是現在的毛建雄，現在的劉培濱就是將來的毛建雄，對劉培濱晚年淒慘下場處境的揭

4　蔡文甫，《雨夜的月亮》，九歌出版社，2009年，頁176。

示中融入了作者對他們這種生存方式和人生態度的批
判。

于雲雷：愛情考驗考出了執著與善良

　　小說中于雲雷和劉培濱是父子關係，是小說中著
力刻畫的另一主要人物。他們父子兩人都面臨過愛情
的考驗，父親所經歷的那場考驗成爲了父親浪蕩人生
的開始，而兒子所經歷的愛情考驗卻是兒子輕鬆、自
信走向美好未來的開始。

　　和劉培濱不一樣，于雲雷一開始並不願意接受
強妮的愛情考驗。當強妮騙他說自己已經被他人強姦
致孕，希望他能夠看在她父親施與他的恩情份上，能
夠和她結婚時，于雲雷拒絕了。雖然對於從小寄人籬
下的于雲雷來講，強妮是擁有雄厚資產的葛華達的獨
身女兒，娶了她就可以輕易擁有億萬資產，但是于雲
雷還是拒絕了強妮的提議。于雲雷拒絕強妮的提議，
不是他嫌棄強妮已經身懷有孕，而是他不願意繼續像
一個寄生蟲一樣沒有尊嚴地活著，他要獨立自強地

像個人一樣地活著。從小所經歷的種種艱辛、恩人施與他的屈辱，世人的勢利與薄情非但沒有使于雲雷自甘沉淪，反而使他更加渴望能夠有尊嚴地活著，過有意義的人生。于雲雷反覆對自己對周圍的人強調這一點，他說：「我馬上要去一家小型農場工作。把我所學的學理去試驗、研究，看能不能發現一些對人類有幫助的事事物物，好不辜負自己的一生……但我認爲用自己的腦和手，去再發明、再創造，是人生最有意義的事。」（註5）所以面對強妮和葛華達給出的誘人承諾，于雲雷絲毫沒有心動。對於愛情，于雲雷是非常愼重的，他追求志趣相投的愛情，美好而純潔的愛情。強妮雖然美麗性感而且非常富有，但在于雲雷看來強妮的愛情觀與人生觀與自己大相逕庭，因此他拒絕了強妮的愛情考驗。但于雲雷不失爲一個善良的年輕人，雖然他恨強妮的父親葛華達，他也不願意接受強妮的誘惑，但是他還是積極地爲強妮尋找解決問題的途徑。與黃兆蘭的交往讓于雲雷認爲找到了自己理想的對象，因此他滿懷熱情地追求黃兆蘭並向她

5　蔡文甫，《雨夜的月亮》，九歌出版社，2009年，頁204。

求婚，準備帶她到他理想的世界去。可惜黃兆蘭並不是他所認為的純潔高尚的女孩，而是一個將金錢視為一切的庸俗女孩。認清了黃兆蘭的真面貌雖然讓于雲雷很心痛，但于雲雷並沒有自暴自棄，而是始終相信愛情，並努力追求真愛。當強妮袒露她真實的心跡、展現她最本真的性情時，于雲雷才意識到自己真愛的也值得他愛的是強妮，而且強妮也愛他。一旦于雲雷了解自己真實的情感，他毅然決定放下心中所有的芥蒂，真誠地擁有這份感情，即使他因此要面對別人的誤解與嘲笑，即使強妮已經懷上了別人的孩子。對於于雲雷而言，真正的愛情不是靠考驗考出來的，真正的愛情需要的是一份責任、是一種相信美好愛情的信念。愛情的考驗考出了父子兩個人不同的人生態度和生活方式。當清晨罪孽深重的父親劉培濱凍死街頭的時候，兒子于雲雷卻帶著他的愛情帶著他的理想奔向美好的未來，這樣的結局安排作者的態度顯然不言而喻，作者將他對於理想的愛情與理想的人性追求賦予小說中的于雲雷。于雲雷這個人物形象是作家對於人性美的讚美，這個形象也是這作品最動人的地方。于

雲雷身上所具有的人性魅力使得整個作品充滿了一種
力量，一種激發人向善的力量。

唐升辰：愛情的考驗考出了庸俗與勢利

　　愛情考驗讓很多人捲了進來，愛情考驗考出了
于雲雷追求理想人生與理想愛情的執著信念，考出了
毛建雄、劉培濱的吃喝玩樂、玩弄情感的花花公子本
性，同時也考出了唐升辰、黃兆蘭輕視愛情，重視名
利的庸俗品性。唐升辰在遭到父親劉培濱拋棄以後，
被母親阿蘭賣到了有錢人家做養子。唐升辰的養父母
從小就教育他要結交有錢的人、對自己事業有幫助的
人。黃兆蘭的母親茹茹在遭到劉培濱拋棄後，過著艱
辛而屈辱的生活，所以她在兆蘭懂事的時候，便要她
認識金錢和權勢，重視物質的力量，不要聽信男人的
甜言蜜語。在母親的影響下兆蘭的每個細胞裡，都填
滿了自己利益高於他人的觀念，不相信情感、精神力
量、理想世界。現實的環境和父母的教誨讓這兩個年
輕人變成了藐視愛情、追逐名利的庸俗人。唐升辰想

用自己的人生觀來影響于雲雷，他拚命游說于雲雷遷就現實，娶強妮為妻，在他看來葛家數以億計的財產能夠讓于雲雷的事業和前途全有了保障。當他發現于雲雷並不聽自己的勸說時，他決定抓住這個機會，欣然接受強妮的考驗，雖然他清楚地知道強妮並不愛他，當然他也談不上愛強妮，並且強妮的肚中有了別人的孩子，但是這一切對他來講是無所謂的。他看中的是強妮有一個非常富有的父親。在他看來婚姻與愛情無關，和品德節操無關，婚姻就是要基於利益的考慮。和這個同父異母的兄弟一樣，黃兆蘭心目中理想的結婚對象就是擁有財富和事業的人。當黃兆蘭得知于雲雷並不是她剛開始認為的即將擁有農場和工廠的富家產業繼承人時，她立即露出了她鄙俗的面目，拒絕于雲雷的求婚，並寄希望於唐升辰。但可惜唐升辰是和她一樣的人，唐升辰絕不會娶一個灰姑娘。

　　像唐升辰這樣的年輕人在當時的社會中具有相當的代表性，借助於小說中人物之口，蔡先生提到：「這代的年輕人，大多逃避現實，蔑視善良的德行和

榮譽，見義退後，爲利爭先」（註6）。關注和探討當下青年人的教育問題是蔡先生小說中常見的主題，在于雲雷的身上寄託了作者對優秀青年的期望，而在唐升辰等人身上則反映了作者對當下流行於青年人們中的不良習氣的焦慮與不安。

彩嬌：愛情的考驗考出了任性與無助

愛情的考驗將看似獨立的兩條敘事線很巧妙地聯繫在了一起，愛情的考驗考出了被考驗的男人複雜的心態、多樣的品性，但同樣考出了提出考驗的女孩的性情和處境。蔡文甫先生筆下塑造了不少的女性角色，但是蔡先生對於其筆下的女性顯然並無太多好感。女孩們渴望眞愛，但是在蔡先生看來，女孩的任性、虛榮和幼稚使她們很難獲得眞愛。「任性、好強、驕傲、不顧後果」往往是那些被迫接受考驗的男性對女性最直接的評價。于雲雷在文中這樣評價他的那些女同學：「若干正直有爲、肯讀書、求上進的男

---

6 蔡文甫，《雨夜的月亮》，九歌出版社，2009年，頁223。

孩子因為不會花言巧語欺騙她們，沒有時間、金錢纏繞她們、諂媚她們，便被漠視、蔑視⋯⋯不上課，放棄考試的男同學，低聲下氣簇擁在她們身旁伺候呼喚、差遣，而她們卻仰著脖頸，看向天空，像是整個宇宙的主宰，要君臨世界；在她們裙幅的曳動下，要使所有的男同學荒廢學業，放棄讀書和做人的責任。」（註7）女孩的任性與虛榮往往使她們樂於玩戀愛遊戲，在不同的男性間周旋，享受男人的追捧。彩嬌和強妮兩個給男性出難題的女孩都是這樣，文中提到彩嬌是個很會應付男孩子的女人，對姓劉的很友善、很親近，但對姓胡的也有密切往來。強妮明明喜歡于雲雷，但是她還是任性地與毛建雄周旋。因為樂於玩愛情游戲，享受被男性追捧的感覺，使她們無法真正弄清楚自己愛的是他們中的哪一個，而追求者中誰又是最真誠地愛自己的那一位，為此她們不得不自作聰明地提出愛的考驗。

　　一個自身對愛情不真誠的人又怎能考驗出別人的真愛，彩嬌提出的帶有屈辱性的考驗，非但沒有獲

7　蔡文甫，《雨夜的月亮》，九歌出版社，2009年，頁276。

得真愛，卻成為了後來劉培濱拋棄她的藉口，強妮愛的考驗也許考出了毛建雄的輕浮，唐升辰的卑鄙，但卻使自己所愛的人于雲雷陷於他人的誤解與嘲笑，正如于雲雷所說的：「小葛的目的達到了，就不會顧忌花多大代價，犧牲了多少難以估計的名譽、品格。」（註8）「也是因為她任性胡鬧，把人生當做演戲，使全世界的人，都誤認為你是為了葛家財產，用不正當的手段獲得她：人們怎知你被誘入彀的內心痛苦。」（註9）但是無論強妮和彩嬌有多麼的任性，但顯然她們對婚姻卻是非常慎重的。因為她們清楚地知道婚姻和家庭就是她們將來的一切，而婚姻的幸福與否更多取決於她們的丈夫，因此選擇一個愛自己並且品性好的男人結婚是非常重要的。因為女性在婚姻中處於弱勢，她們不得不將自己的幸福和命運寄託在丈夫身上，這是特定時代女性的悲劇所在。陳克環就很深刻地指出：「女人縱然能夠令男人學狗爬，但是事實上自己卻是男人身分的裝飾品和虛榮心的賭注。至於結

8　蔡文甫，《雨夜的月亮》，九歌出版社，2009年，頁341。
9　蔡文甫，《雨夜的月亮》，九歌出版社，2009年，頁341。

婚之後，女人生了孩子，年紀大了就眼睜睜地看著丈夫找別的年輕女人。她唯一的希望只有靠她的兒女。」（註10）彩嬌就是如此，當初為了娶她而繞村爬的劉培濱一次次地離開她，讓她承擔養家之艱辛、承受感情的傷害。即使了解了于雲雷的心意，強妮還是覺得不安，她不得不一遍遍地問于雲雷愛她是不是憐憫，是不是施捨，是不是為了葛華達的千萬家產。因為意識到女性在婚姻中的弱者地位，女性選擇自己的結婚對象時往往是相當慎重的。強妮和彩嬌愛的考驗考出了戀愛時期女性的任性與虛榮，也考出了即將走向婚姻的女性對婚姻的慎重和對婚姻前景的不安。

愛情的考驗不一定能真正考出真愛，但是它卻考出了豐富的人性。關注普遍的人性一直是蔡先生創作的主要意圖，他在《雨夜的月亮》前言中就提到「時代在變，生活形態在變，但人性的善惡、喜怒、嗔貪

---

10 陳克環，〈道德與婚姻——論〈雨夜的月亮〉的主題〉，《新生副刊》，1979年10月23日。

等特質仍亙古常新。」（註11）老少兩代女性提出的愛
情考驗，考出了劉培濱和毛建雄的輕浮與麻木，憑藉
手中的金錢，他們放縱自己的情欲，放棄所有做人的
責任。愛情的考驗也考出了唐升辰和黃兆蘭的庸俗與
勢利，他們輕視一切美好的東西，將金錢視爲人生的
唯一追求。愛情的考驗也考出了提出考驗的女性任性
與無助，年輕時她們視戀愛爲遊戲，周旋於不同的男
性之間享受他們的甜言蜜語，而一旦結婚，她們只能
將自己一生的幸福寄託於丈夫，她們的幸福與命運掌
握在男人的手裡。愛情的考驗也考出了于雲雷追求理
想愛情、理想人生的執著信念，他渴望和他的愛人生
活在裝滿愛情的屋子裡，並用自己的雙手打拚理想的
生活。初讀小說，感覺小說有《雷雨》影子，董保中
先生就曾提到「《雨夜的月亮》跟《雷雨》的布局在
某些方面很有偶合之處。」（註12）但是隨著小說敘
事的深入，這種感覺會越來越淡化，甚至消失。《雷

11 蔡文甫，〈常存感恩的心——寫在第三次重排新版之前〉，
　　《雨夜的月亮》，九歌出版社，2009年，前言。
12 董保中，〈《雨夜的月亮》中兩種人生經驗〉，《雨夜的月
　　亮》，九歌出版社，2009年，附錄。

雨》是個悲劇，它揭示了人性之惡以及封建制度對人性的扭曲，而《雨夜的月亮》中則交織著美與醜的、善與惡的交鋒，而美和善最終戰勝醜和惡，小說讓讀者感受到的是希望與力量。正如李寧所說的「《雨夜的月亮》是寫同一個夜裡，一對互不相識的父子所經歷的兩個截然不同的世界。父親是屬於罪孽所留存的陰暗趨向死亡的角落；兒子是屬於邁向希望奮鬥、光明新生的天地。這兩個世界交替出現在讀者面前，直到黎明即黑暗的死亡角落也隨黑暗消失，所有的邪惡也都割離而去，只有那明亮鮮美的世界——作者心目中的烏托邦，展現在新的日子。」（註13）《雨夜的月亮》展示了豐富的人性，揭示了人性中的美和醜，而正是由於作者本人追求美好人性的那份執著，使得作品有了和《雷雨》完全不同的情感體驗。《雨夜的月亮》帶給讀者的是提升人性向上的動力，是對於人生價值與意義的思考。

---

13 李寧，〈人生的雙重世界——我讀《雨夜的月亮》〉，《中華副刊》，1979年8月17日。

拯救與呈現

——蔡文甫中篇小說集《玲玲的畫像》淺析

徐　峰*

摘　要

　　在一九六七到一九七一年四年間，蔡文甫先生結合多年的教學經驗完成了作品集《玲玲的畫像》。他借助對四個年輕男女異化生活形態的敘述來完成一個教者的職責和一個傳統文化人的歷史使命。然而爲了達到

良好的教化效果，作家在故事的敘述上採用了西方的自然主義手法，在故事的闡述上以零角度視野進入，對作品中的人物和事件不做價值以及道德上的評判。通過這種手法呈現出幾個客觀的故事以及它們的結果，從而使年輕人更容易接受和理解，並從中得到啟迪和教育。因此，對青年的拯救是這部作品集的質，而自然主義手法的呈現則是作品的形。通過西方的形，完成了一個東方作家的創作使命。

關鍵詞：蔡文甫、拯救、呈現、自然主義

---

*徐峰，男，1978年7月6日出生於江蘇響水。2005年畢業於揚州大學、文學碩士。現為江蘇省鹽城師範學院文學院講師、江蘇省港台暨海外華人文學研究會會員、鹽城師範學院蔡文甫研究所成員、鹽城市文藝評論家協會會員。主要從事中國現當代文學作家作品、文學思潮與港台作家作品研究。

　　蔡文甫先生在〈《玲玲的畫像》重印小記〉中說：「從民國五十六年到六十年間，先後由《今日世界》、《幼獅文學》兩刊物和中國時報《人間》副刊發表了四個中篇小說，寫的都是年輕男女的感情問題和人際關係。」（註1）那麼，蔡先生為什麼要在這個時期去寫這些反映年輕男女的感情問題和人際關係的小說呢？這是由當時的社會背景和蔡先生的社會角色轉變決定的。

　　民國五十六年到六十年間換成公元紀年應該是一九六七年到一九七一年。六十年代，隨著政治和經濟的變化，資本主義經濟得到高速高效的運行，台灣得到了迅速發展，很快成了亞洲四小龍之一。台灣社會形態、生活方式出現了巨大的轉變。資本主義的經濟運營方式使經濟成為台灣社會的核心點，金錢的力量越來越大。金錢的力量瘋狂的衝擊傳統的人際關係，親情、友情、愛情無一倖免。傳統的失落使人迷惘；新興力量的缺乏使人無助。這些因素的綜合作用往往會使年輕人出現行為的墮落、形象的扭曲。這

1　蔡文甫，《玲玲的畫像》，九歌出版社，1985年，頁273。

種客觀存在的社會現象正是作家文學創作的來源，也勢必會出現在作品中。〈不平行的四邊形〉講述了一個叫素美的女孩畸形的愛戀；〈四男三女〉揭露了幾個墮落的年輕男女的群宿現象，以及他們對自己的辯護；〈玲玲的畫像〉描寫了一個在金錢的衝擊下對刻骨銘心的愛情失去信任所產生的誤會；〈出巢記〉展現了一個自我失落女孩離家出走和被騙的故事。這些不僅僅是故事，而是客觀的生活，正是這些現象的存在為作家的拯救社會提供了可能。

拯救行為不僅需要可能性，同時也要有存在的必要性，蔡先生個人身分的轉變正為這種拯救行動提供了必要性。

首先是他作為作家的責任。

一九五一年，蔡文甫在《中華副刊》發表了處女作短篇小說〈希望〉，開始走上文學創作之路。一九五六年從軍隊離職以後，蔡先生開始了「教學與創作齊飛」（註2）。作家的文學創作跟作家個人的文

2　蔡文甫，《從0到9的九歌傳奇》，九歌出版社，2001年，頁209。

學素養、品格緊密相連。蔡先生在《從○到九的九歌
傳奇》中提到，他從小接受的是私塾的教育，最早閱
讀的是《龍文鞭影》，然後是《孟子》、《論語》、
《左傳》、《詩經》、《古文觀止》等。傳統文化的
學習給蔡先生打下了堅實的文學創作基礎，同時也在
無形中塑造他的人格，將他塑造成一個傳統的文人。
自古以來在中國，文人作為社會的精英必然要承擔相
應的社會責任，「文以載道」由此而來。因此，在社
會出現因轉型而帶來的人性的異變的時候，傳統的文
人毫無疑問的要肩負起拯救「道」這一重任。

其次是他作為教師的使命。

一九五七年八月，蔡先生「受聘為桃園縣立大溪
中學復興分班國文科教員」（註3），此後多年一直從
事教學管理工作，先後做過留級班班導、教務主任。
由於社會的轉型，當時許多年輕人在精神和價值上都
是缺失的。蔡先生在回顧當時的情形時說：

「學生留級，約有兩種原因，一是智能不足或

開竅較遲；一是玩心太重把功課放在一邊。因為他們
已在校一年，摸清老師脾氣，懂得所有調皮、偷懶的
方法；四十五人中還有九名是女生。他們集合在一個
班，難免沒有被放棄的感覺——四十多年前，還沒有
放牛班之說。我年幼時想讀書都無學校；他們是有學
校卻不想讀書，我應盡力幫助他們。」（註4）

　　正因為對這些學生的幫助非常困難，所以蔡先生
用了「留級班導師甘苦備嘗」（註5）這一標題來概括
當時的工作。蔡先生不僅僅在現實生活中幫助他們，
同時還把他們變成文學作品中的人物，把他們行為所
帶來的可行的後果展現在作品，以達到對他們的教育
與指導。〈出巢記〉中的萬莉莉正是一位大學重考
生。她的身上有蔡先生學生的影子。然而，學生的問
題不僅僅表現在這一個層面上，所以《玲玲的畫像》
作品集出現了四個完全不同的故事。

　　蔡先生用以下的一段話來闡述《玲玲的畫像》創

4　蔡文甫，《從0到9的九歌傳奇》，九歌出版社，2001年，頁
　　251-252。

5　蔡文甫，《從0到9的九歌傳奇》，九歌出版社，2001年，頁
　　251。

作目的。

「年輕人天眞而可愛；但因心性未定，往往逞一時之勇，憑直覺作出荒謬的舉動。書中四個中篇小說都是刻畫青年男女刹那間的情感漂浮、行爲越軌，無法適應急速轉變的社會，致形象被扭曲、醜化。本書十二年前由世界文物出版社出版，風行一時；現重排精印，期有更多的年輕的朋友，藉此體會蛻變期的辛酸和痛苦，有助於成長和成熟。」（註6）

正是基於這一目的，作品在故事的結尾上都表現出了主人公對自身行爲的追悔和檢討，從而爲文學接受者提供借鑒以達到拯救失足青年這樣一個目的。

以上說明拯救是《玲玲的畫像》的核心主題，是它的精神本「質」。那麼，如何才能讓年輕一代接受這樣的文學作品呢？

作家在創作中爲了達到預定的拯救的目的，必須要在創作的方式上進行考量。

年輕一代由於受到新的事物、新的價值觀念的影響，叛逆性會成爲他們性格的主要特徵之一，他們在

6　蔡文甫，《玲玲的畫像》，九歌出版社，1985年，封面。

思想行為等諸多方面往往會表現出對傳統價值觀念和教育方式的抵制。在文學創作中，如果作家以教育者的姿態來對作品中的主人公進行褒貶評說，雖然從表面上做到了揚善棄惡，但由於接受者心理的抵制，收效甚微，不能完成作家的創作目的。因此，需要一種全新的敘述方式完成作家拯救的使命。

基於這種目的的文學作品，需要作家以一個獨立於事件之外的敘述視角來對故事進行呈現，並且，在這過程中不能表現出作家個人的情感因素、社會的道德觀念和價值尺度，對作品中的人物不加以任何的價值判斷，這使作品在創作手法上帶有了明顯的自然主義傾向。蔡先生在這部作品集中所採用的正是這一創作手法。

蔡先生之所以能採用這種手法，是由他所處的環境與廣泛文學閱讀決定的。

六十年代的台灣文壇與大陸迥然不同。在大陸，由於特定的國際形勢和國家意識形態的限制，在建國後近三十年中，我們一直處於封閉的狀態，外來的尤其是西方的東西長期被我們批判。而在台灣，由於政

治制度、經濟運營方式以及特定的國際環境，它一直是處於一種開放的狀態當中，這就保證來台灣文化與外界的交融共生。蔡文甫在〈函校師友對我寫作的影響〉一文中有這樣一段話：「寫愛情不是壞事，只看你寫得好不好。世界文學名著，不少是寫愛情的，像《安娜卡列尼娜》、《包法利夫人》、《咆哮山莊》、《傲慢與偏見》等。」（註7）由此可見，西方文學在蔡先生文學生涯中的分量。長期接受西方文學必然會受到它們創作方式的影響，在這其中，以按照事物本來的樣子去摹仿作爲出發點的自然主義創作傾向，更符合作家所要求的拯救這一主題。因爲他追求絕對的客觀性，不摻雜作家個人主觀道德評判，接收者在文學接收的過程中失去了反叛的目標，因此，更容易爲讀者接受。從而達到了作家認知與拯救的目的。

正是由於這樣的目的，作者在四個小故事中一直使用客觀描寫的方式來呈現故事情節。

7　蔡文甫，《從0到9的九歌傳奇》，九歌出版社，2001年，頁280-281。

在作品〈四男三女〉中，雖然通過作品，我們可以看出這幾對青年男女在思想和行為上已經越軌，但是作者並沒有在描寫語言上對他們有所批評，而是描寫了他們幾個人被抓之後本能的為自己辯護開脫罪責的種種窘迫的境況，這種客觀的描述使作家變成了一個記錄儀，通過這種客觀的呈現給閱讀者警示。同樣的作品〈出巢記〉對離家出走的萬莉莉並沒有進行批判，甚至對其離家出走這一行為都沒有進行直接的否定。但是作者把萬莉莉出走後遇到的各種遭遇一一客觀呈現在讀者面前，這包括萬莉莉在衣食住行等各方面的困難和被拐客欺騙差點淪落的危險。年輕的讀者在閱讀後一定可以直觀的感受到離家出走的危險性，從而完成了作家的創作目的。同樣，在另外兩篇作品中也採取了類似的敘述手法。

綜上所述，蔡文甫先生的《玲玲的畫像》作品集以帶有西方自然主義色彩的「呈現」手法，來完成了一個東方文化體系中教師對異化學生進行「拯救」的使命，是東西方文化理念交融下的一部優秀作品集。

追尋心靈最高的眞實
——淺談小說〈鴿子與田雞〉的畫面描寫及象徵意義

陶文靜*

摘 要

　　蔡文甫的短篇小說〈鴿子與田雞〉將畫面的轉合和象徵手法作爲切入點，具體分析每一個特定畫面的展現對情節的推動作用，和對人物形象的塑造作用。在畫面的轉合中，一步步走進女主人公的內心世界，追尋

女主人公心靈深處最高的眞實。透過兩個具有象徵意義的形象──「鴿子」和「田雞」捕捉隱藏在背後的深層意蘊，探尋女主人公複雜而又矛盾的情感價值觀。

關鍵詞：蔡文甫、〈鴿子與田雞〉、畫面描寫、象徵手法、人生觀

*陶文靜，女，江蘇南京人，現為江蘇鹽城師範學院文學院三年級學生、鹽城師範學院蔡文甫研究所成員。

　　蔡文甫的小說創作在一定程度上具有著西方現代主義小說的某些特徵，在藝術與生活，現實與真實的關係上，強調表現內心的生活，心理的真實和現實，在內容和形式的關係上，注重對形式的創造，具有思想直覺化，廣泛運用意象比喻，自由聯想，結構上變化突兀，淡化情節，使作品具有一種意義抽象化。下面將具體從畫面描寫的轉合和象徵手法的運用來體悟蔡文甫短篇小說〈鴿子與田雞〉的情感表達。

壹◎畫面描寫的轉合

　　小說〈鴿子與田雞〉講述了女主人公從小生活在困苦環境裡，面對生活重壓，在虛榮心的驅使下，在貪圖享樂的錯誤人生觀的指引下拋棄了深愛他的吳道之。選擇了和有著無數金錢、權力、地位，卻是有婦之夫的汪經理走在了一起，最終自己卻不幸地成為了被拋棄的角色。

　　這篇小說從一開始，如電影序幕，注重對場景的畫面的塑造「右邊的一扇木板門咿呀地推開了，一個

人挨進來，左宜貞仍伏在板壁的方桌旁啜泣，她沒有抬頭……」伴隨著這段特定場景的展開，讀者心中的疑惑也悄然生成，爲了激活讀者的「緊張與期待」心情，採取一種積極的手段，設下「懸念」引起讀者的興趣，讓讀者一步步走進故事裡。

當畫面描寫轉換到「彷彿見到遙遠的海洋裡巨浪掀騰著銀白色的波濤捲向沙灘」時，女主人公那段遙遠的艱辛而又難忘的往事也如迎面的波濤，呈現在讀者面前，又將讀者帶進了故事的故事裡，這種在順序敘述的過程中插入與上下文因果聯繫不連屬的故事內容，使得主要故事進程造成了暫時的中斷和延宕。讀者又在慢慢的品讀和思考的同時，尋求一種內在的故事情節發展的必然性聯繫。最終會不難發現，過去心酸艱難的經歷在扭曲著一個心靈，在一步步地造就女主人公畸形的人生價值觀：崇尚拜金主義，追求私欲，虛榮享樂。

最後，畫面又切入到現實——「她反身把自己摔倒在床上，伏在枕上嗚咽起來。」整個小說由現實走進回憶，再由回憶走進現實，作者把不連貫的場景

以跳躍的方式聯繫起來，然後形成故事情節展開的鏈鎖。由「設懸」到「釋懸」，使讀者的期待心理得到了滿足，內心的疑惑也在慢慢地變得豁達、清晰。此篇小說，巧妙地運用了由場景畫面推動情節，再由情節塑造畫面場景的互動表現手法，同時，在故事的進展中，又把人物的行動放在具體環境中構成場景，顯現出了生動具體的藝術形象。當然，沒有場景的作品，儘管也可以有完整的故事線索，但在讀者的理解和想像中，如果只有抽象的過程而構不成生動形象畫面，就無法產生藝術感染力和審美價值。與傳統敘事小說相比，它淡化了直白的敘述，打破了邏輯的框框，突出人物的意識流程，用想像、聯想、回憶、幻覺塑造不同場景畫面從而打破時間之鏈，立體的，多層次地表現女主人公的人生歷程，且還以多線交叉或放射性思維方式來表現女主人公複雜的內心世界，這又與傳統小說多以線性的時間流程來結構主題的方式有著區別的。

小說以女主人公的哭聲拉開帷幕，又以其哭聲落下帷幕，隱約中蘊含著一種因果必然性的聯繫。它的

結局不在於靜止的人或物，而在於整體動態事件，即人的行為所造成的後果。這樣的後果又傳達給讀者啟示：錯誤的人生觀造就錯誤的人生。女主人公最終只能孤獨地承受著物質和精神的雙重打擊和折磨。

貳◎象徵手法的運用

美國當代著名學者杰姆遜曾說：「現代主義的必然趨勢是象徵性。」「象徵所要使人意識到的卻不應是它本身那樣一個具體的個別事物，而是他所暗示的普遍性意義。」（註1）

縱觀整篇小說，不難發現，以〈鴿子與田雞〉命名，屬於象徵手法的具體運用，且小說主要記述的是女主人公左宜貞的生活經歷，對「鴿子」和「田雞」的敘述，僅僅通過一詳一略的兩次描寫展現在讀者面前的。如「池塘內綠色浮萍下，一隻灰色的田雞上岸，鼓大眼睛瞪住她，像是憐憫她這樣還要負那樣的

1　黑格爾，《美學》（第二卷），朱光潛譯，商務印書館，1979年，頁10-11。

重擔……」「一群鴿子擺著翅膀展開羽毛,在她的頭頂低低飛過,斜衝向高空,她真羨慕牠們的神氣……」田雞正是一種鞭策力量,嘲諷對象的象徵,也可是一種低劣卑微生活境況的象徵,而鴿子卻恰恰是一種自由,無拘無束的象徵,也可是一種「美好」「幸福」生活的象徵。對田雞的情感,女主人公是憎恨,厭惡,充滿仇恨心理的,在她的內心深處,她一直企圖逃避成為田雞這樣弱小貧賤的角色,而對鴿子的情感她是羨慕,滿懷憧憬的,正是這兩種不同的情感取向,使她一開始就拋棄了吳道之,攀上了金錢、地位、權力盡有的汪經理。在一定意義上,田雞又成為了吳道之這一形象的象徵,而鴿子恰恰成為了汪經理這一形象的象徵。

小說正是用「鴿子」和「田雞」這兩個意象啟示著讀者透過表層體味和領悟更深遠的意蘊,通過這樣的一種暗示方法的實現,偏重於以間接的方式表達著主觀感受和價值取向,這種主觀感受不僅僅是作者本身寓意於小說中的,更是讀者從故事情節的發展中聯繫現實生活體驗品讀出來的。與此同時,作者對田雞

和鴿子的描寫淡化了具體的時間和空間，使這一形象系列脫離了具體環境的限制，以期賦予了形象更廣泛的象徵性。

當我們合上書本，回顧這篇小說時，耳畔不禁回旋起這樣一種聲音：「爬高啊，爬高啊……」簡簡單單的一句話，在文中卻出現了四次。

第一次「母親彷彿又在低聲告訴她：爬高啊，要爭氣啊……」

第二次「母親在她身邊揮著鋤頭說：「快爬高呀，快爬高呀……」

第三次「她的母親癟著嘴哭道：「爬高呀，爬高呀……」

第四次「恍惚間覺得她的母親又在她身畔抽絲線，一面抽著一面念著：『命啊，志氣啊，爬高啊……』」

這樣一種重複的敘述頻率在閱讀中產生了很不一樣的效果，這種重複的效果又是在不斷發展、流逝的。像這樣在生活事件中某些特定的話語有節奏地重複顯示時，提示出了一種恒定的意義，也同樣產生了

某種象徵意蘊。黑格爾說：「象徵首先是一種符號，不過在單純的符號裡，意義和它的表現的聯繫是一種完全意義構成的拼湊。」（註2）母親這四次簡單卻又飽含深遠意義的勸勉和告誡出現在女主人公人生四次重要的階段裡，對母親每一次話語的回憶，彷彿是受著母親無形的教誨和督導。「爬高啊，爬高啊……」的四次出現，構成了女主人公自我反思和心理矛盾的傾向，同時也抨擊了人物自身的本性，鞭撻了社會生活的現實性。

「仍想不出自己是爬高了，還是跌落在泥窪裡」這不僅僅是女主人公的自我審視，也留給了每一個讀者深沉的思考。這樣的一種思考，正式小說戛然而止後所帶給我們的餘味體驗：人生彷彿是一座山，生活就是在不停地登山，「爬高」是登山時邁出每一步後的信念，當我們涉足山頂，一覽無限風光時，一路灑下的辛勤汗水是沉重的代價，一步一個腳印踏踏實實的足跡是成功最好的見證，於是我們懂得：成功是靠

2　茨維坦‧托多諾夫，《象徵理論》，王國卿譯，商務印書館，2005年，頁8。

自我的不斷努力和拚搏得來的，這才是真正的自我價
值的實現。

淺談蔡文甫短篇小說的
意識流手法

張　平*

摘　要

　　蔡文甫的小說不以深入刻畫人物取勝，
也不以情節新穎取勝。而是通過借鑒和發展
西方的意識流手法，形成自己的小說創作風
格。即利用西方意識流手法和中國傳統象徵
手法展示主人公自我情感；在作品中注入作

者善意的聲音；通過作品表達一種對現實，對人生的積極的態度以及小說不僅著眼於個人，更展示的是廣闊的社會現實。通過這些獨特的創作手法，表現人物的性格及情感，展示最深刻的社會現實，啓迪人的心智。

關鍵詞：蔡文甫、短篇小說、意識流、人物的性格及情感、社會現實

---

*張平，女，江蘇徐州人，現為鹽城師範學院文學院三年級學生、蔡文甫研究所成員。

　　讀蔡文甫的小說，首先給人的感覺是，他的小說沒有完整的故事情節，沒有環境的渲染。但是，他的小說卻給我們展現的是一幅幅的畫面，通過對人物的簡單刻畫，情節的概括描寫，人物內心情感流動的刻畫，展現一個真實的，有思想的主人公。他的短篇小說，通過對西方意識流手法的借鑒和發展，讓我感受到一個人受到情感衝擊時，理智戰勝情感的苦痛。同時也讓我看到更廣泛的社會現實，啟迪心智。

　　西方意識流，緣起於柏格森所說的「純記憶」，並通過弗洛伊德等人的豐富和發展，使得西方意識流在一些作品中被廣泛使用。西方意識流手法影響到全世界，中國作家也深受其影響。並逐步探索和使用這種手法。在二十世紀二十～四十年代，在中國，這種「意識流」小說風靡一時，並形成了一種流派。由於東西方文化的差異，在意識流手法的使用上不盡相同。就其源頭來說，東方的意識流是對西方意識流的借鑒和發展。而在東方，很多人都使用過意識流手法，其使用的方式也不同。下面我就蔡文甫短篇小說意識流手法的運用來分析他對意識流的借鑒和發展。

壹◎利用西方意識流手法和中國傳統象徵手法展示主人公自我情感

西方意識流總體上通過語言、場景、內心獨白、夢境等方面進行構建人物的內在感情，借用這些手法來展示主人公情感。在用意識流這些手法上，蔡文甫對其進行了繼承，同時還有發展。威廉・詹姆斯視意識流為——並將意識流標志為——「存在於基本意識外的記憶、思想和情感」（註1）這說明，意識流不是用明確的語言去表述情感，而是用聯想、想像、意識流動等深入的進入內心世界，來展示曾經的難以忘卻的記憶、情感，蔡文甫小說在創作中也有這種手法的展現。

如在〈成長的故事〉中，小主人公的母親的愛，是用對後母的怨恨，對家庭的冷漠來反映的。他立足於現實中的自我，用想像去追憶曾經的回憶，貫穿回

1　〔美〕弗雷德克・R・卡爾，《現代與現代主義——藝術》，陳永國、傅景川譯，，中國人民大學出版社，2004年第1版，頁320。

憶的是對母親的愛，而母愛的象徵是那棵鳳梨樹。鳳梨樹死了，寄託母愛的外物死了，母愛也遠去。作者立足於想像，把自己的感情、個性特徵展現出來。同時又用中國傳統的象徵手法，把想像、聯想、象徵、回憶等結合起來使用，體現他對西方意識流的豐富和發展。

貳◎在作品中注入作者善意的聲音

西方意識流小說中，注重在作品中注入作者自己的聲音，從而使作者、敘述者與主人公或是主人公之一結合起來，這是造成作品難懂的原因之一。其代表人物是福克納和理查遜。福克納《押沙龍 押沙龍！》中，作者描寫兩個昆丁時，作者的聲音則通過昆丁的話語表達出來，但由於其聲音的混亂性，而使讀者分不清楚誰是誰。

而蔡文甫也使用讀者在作品中表達自己的感情，但不同於西方的是，他的聲音是善意的提醒。如在〈解凍的時候〉中，主人公是一個被丈夫、孩子拖

累，自己的感情世界空虛的女性，她因不滿自己的現狀，逐步走入意識中的情感世界，誰又能說她的所愛的小趙不是她自己想像出來的呢？在主人公追隨小趙而走的時候，「忽然她恐懼起來，她這樣跟著走著，會不會被別人看見或是別人已經注意到她的行為……」這是主人公自己的內心獨白，但我們也能看到作者一直處於一種高大的形象存在於小說中，他注視著主人公的一舉一動，小說採用第三人稱敘述，使作者更有明察是非，明辨因果的自由，更能全面的分析主人公的言行。因而主人公害怕被別人看見，這也可以說是作者的提醒，作者內心的聲音。

參◎通過作品表達一種對現實，對人生的積極的態度

在看了卡夫卡的《城堡》、《地洞》等描寫意識流的作品後，在我看來，西方意識流的很多作品，通過敘述故事的時間和空間的擴展和延伸，意識的流動與內封閉的地點結合，而使作品趨於晦澀難懂，作家

追求的是達到一種變態的艱澀。而蔡文甫的小說並不要求晦澀、荒謬，而是表達一種對現實，對人生的積極的態度。

在他的小說〈成長的故事〉中，雖然小主人公洪耀中，他總在想像母親的愛，幻想後母的不好，但他最終還是在那個風雨交加，家庭出現危機的時候去幫助他的父親，保住現有的家庭。這並不能說他接受了繼母，但可以說，他並沒有喪失最基本的人性，因而它對未來、人生有著積極的態度。

再如〈犧牲〉中，在主人公的母親想把她嫁給一個有錢有勢的人的時候，她通過自己的無意識想像自己愛的人的好，而最終，她選擇了和她所愛的人在一起。先姑且不去說她會不會遭到父母的反對，會不會受到另一個人的報復，畢竟她現在選擇了有意義的人生，這在我們讀者看來是有鼓舞力量。

西方意識流作品達到了，讓讀者深思、費腦的目的，也顯示了他們的創作能力。但蔡文甫也以他自己使用意識流的手法而給讀者以警戒，也不失為好作品。這正印證了王蒙所說的：「我們也不專門去

研究變態、病態、歇斯底里的心理。我們搞一點『意識流』不是為了發神經，不是為了發世紀悲哀，而是為了塑造一種更深沉，更美麗，更豐富，更文明的靈魂。」（註2）

肆◎小說不僅著眼於個人，更展示的是廣闊的社會現實

西方意識流很多都是表現僅僅是個人的，封閉的「意識流」。記得曾經也讀過一本意識流小說叫《夜半撞車》，作者是法國的帕特里克·莫蒂亞諾。這本小說通過撞車後，主人公尋找車主的過程，穿插自己以前的零星生活碎片，意識想到哪裡就寫到哪裡，作者的意識清晰，作者通過主人公的意識流動，運用獨特清晰的文筆來敘述主人公尋找回憶的過程。通過這種回憶想像，把青年人從消沉中喚醒。

帕特里克·莫蒂亞諾的小說多寫人存在的渺小，

2　崔建飛編，《王蒙作品評論集萃》，中國海洋大學出版社，2003年第一版，頁92。

主要寫到是個人。而蔡文甫的小說，不僅著眼於個人，更展示的是廣闊的社會現實。他描寫一個感情受到壓抑的女性在遇到自己感情寄託人的時候，她所作出的艱難選擇。小說把時空限制在從站台到旅館的狹小空間裡，主人公總處在自我暗示中。「他今天為什麼到這裡來？又怎麼會走在她的身後？他一定跟著她走了很長的一段路了……」她總是自我想像、聯想，用自己的視角去觀看，理解自己周邊的人和物。但是「忽然她感到恐懼起來，她這樣跟著走著，會不會被別人看見，或是別人已經注意到她的行動」這樣的恐懼，是她自己道德倫理在心底的反應。這體現在意識流小說裡，個人根據自身的需要，對周圍的社會極其敏感，為自我主意的特點。小說中小趙的一句話「這裡是門，這裡是床……你自己選擇吧！」門是道德倫理，而床是欲望，而最終她選擇了門。情欲的需要與道德倫理的衝突，具有深刻的社會現實。

同時他的小說〈相親宴〉裡，作者以一種全知全能的視角來敘述主人公在相親宴上所遭遇的人和事。以主人公的主觀認識來描寫小說。小說並沒有描寫相

親雙方的狀況，而是描寫了在相親宴上，女方沒有到場，而在場的有銀行家、總經理、英語教師，好像這些人是來考驗他的。從中我們可以看出，小說打破傳統的小說的選材，蔡文甫寫這個小說給我們展現的是一個社會的縮影。現代人結婚，注重權勢、地位、財產、教育。因而蔡文甫的小說提供給我們的並不僅僅是一篇小說，而是發人深思的廣闊現實。

因而從以上可以看出，蔡文甫借鑒和吸收了西方意識流手法，又對其進行發展。蔡文甫很多的短篇小說打破了原本小說的發生、發展的次序，而是隨著人物的意識的流動來組織故事，這樣給我們更廣闊的思考空間，讓我們能夠進入文本，與作者進行交流和對話，更好的理解作品。同時他的小說對人性、對現實的反應更是深刻。因而我們在閱讀作品時，不僅能提高審美意識，更能很好的思考社會、人生。

另闢蹊徑的愛情哲學和情節結構
——蔡文甫短篇小說〈三部曲〉讀後

王金陽*

摘　要

　　愛情是人類永恒的話題，而自有愛情始就有了婚變。小說〈三部曲〉的作者蔡文甫先生以舊題寫新篇，卻能運筆自如、不落俗套，達到一種妙筆生花的境界，獨闢蹊徑「開創了一條又新又活的路」。小說運用獨

特的情節結構將作者非同一般的愛情哲學表達出來，產生一種微言大義的效果。諷刺而不辛辣，創新而不詭譎，筆者以為「樂而不淫，哀而不傷」是對蔡文甫先生以愛情為主題的短篇小說風格較為恰當的涵蓋。

關鍵詞：蔡文甫、短篇小說、描寫、平淡、溫和、人性

---

*王金陽，男，江蘇省鹽城師範學院文學院三年級學生，現為江蘇省鹽城師範學院蔡文甫研究所成員。

　　隨著時代的不斷發展，現代文學主張也是日新月異，上世紀六、七十年代，人們一味地引進西方文學主張，於是走向了一個極端。就在鴛鴦蝴蝶派的愛情小說風靡一時之際，蔡文甫先生別開生面、另闢蹊徑，黃崖先生說他是「開創了一條又新又活的路」（註1），從一個嶄新的視點來創作愛情小說，在鴛鴦蝴蝶派之外獨樹一幟。

　　蔡文甫先生的愛情小說，描寫精湛往往一針見血、入木三分，情節看似簡單卻又別有巧思之處，以日常生活中最常見的故事來結構小說，卻又寫得錯落有致，有一種大巧若拙的感覺。蔡文甫先生的愛情小說與當時盛行一時的鴛鴦蝴蝶派愛情小說最大的區別就是，他在寫愛情的時候並不僅僅是為了寫愛情而寫愛情的，蔡文甫先生是要在他的小說中說明一個道理，就如同《春秋》、《左傳》一般，微言大義。

　　通過一個簡潔的故事傳達一個道理，傳達一種健康積極的愛情哲學，這應該是蔡文甫先生的愛情小說

1　黃崖，〈開創一條又新又活的路──寫在《女生宿舍》重印之前〉，《女生宿舍》，九歌出版社，1982年，頁5。

的主旨所在，其中最典型的莫過於蔡先生的短篇小說
〈三部曲〉，這篇小說被收在蔡文甫先生的短篇小說
集《女生宿舍》中（註2），它主要描寫的是一個發生
在婚宴上的故事。

在筆者看來，這是一個簡單的故事，這又是一個
通俗的故事，同時，這更是一個經典的故事。因為它
簡單，所以它更貼近讀者；因為它通俗，所以它更容
易被人理解；而最重要的卻是因為它經典，所以它才
更具說服力、更能為讀者所接受。

小說分為三個部分：場內、場外、閉幕。

先看第一部分：場外

作者提筆就是一連串對喜堂布置的精彩描寫，精
煉簡短卻又不失風度，開篇作者既不寫人物也不寫事
件，卻從場景寫起，塑造一種喜慶的氛圍，讓讀者一
下子就就進入小說之中，給人一種身臨其境的感覺，

2　蔡文甫，〈三部曲〉，《女生宿舍》，九歌出版社，1982年。

而不是傳統的那種看小說聽故事的感覺。當然，以喜慶場景領起下文本身就是埋下了一處伏筆，跟小說的結局形成一種鮮明的對比，這裡所描寫的不管是「天作之合」還是「鸞鳳和鳴」，都是要為下文烘托一種氣氛，此間描寫的越是喜慶，和結局所形成的對比就越鮮明，這樣在讀者心中所形成的落差就更大，藝術效果自然也就更好。

司儀在台上尖聲宣布「結婚典禮開始……」這時第一部分結束。當我們閱讀這樣一段文字的時候，總能看到《紅樓夢》的影子，當然我說這裡的是《紅樓夢》影子，作者並不是生搬硬套傳統小說的寫作手法，但是精緻的描寫筆觸卻飽含著傳統文化濃厚的積澱，就是這樣的一種描寫的理念，而不是像一些盲目崇洋的寫作手法所能比擬的。

再看第三部分：閉幕

小說的收束跟開頭一樣甚至比開頭更為洗練。作者惜墨如金，只用「像看火災」四個字就將當時混

亂的情景形象展現在讀者面前，這時候有一個細節描寫，就是司儀又上台說話了，我們掩卷回想司儀第一次上台時手裡拿的是什麼呢？是大紅的紙單，而這次卻是張白紙條。前後呼應，兩相對照，借用脂硯齋批《石頭記》的說法就是「雙峰對峙」。而前後貫穿、一氣呵成，中間似無憑藉，但小說的微言大義伏於開篇之時，顯在收束之處，恰又有「空谷傳聲」之妙。

白紙條上寫的恰恰是作者要告訴我們的：他愛的是金錢。多麼簡單的幾個字卻拼湊成一條鞭子狠狠的抽打著人性，與其說作者是在告訴我們一個故事，還不如說作者是在質問我們，在這樣的時代又有幾人能真正跳出金錢的圈子？又有幾個人能真正的愛一場？作者並沒有回答這個問題，當然也無須回答，這樣的問題只能留給讀者去捫心自問。

人究竟是為了什麼而存在？是為了金錢而生活，還是為了生活而生活？作者雖然沒有明確的告訴我們應該怎麼做，同時也並沒有用任何語彙去對男主人公進行口誅筆伐，而是採用一種輕描淡寫的姿態來對待，讀者見仁見智全憑自身修養。這種溫和的情懷，

不加褒貶的仁愛在作者的其他小說中也比比皆是。

我想這和作者幼年所受的私塾教育是分不開的，溫文爾雅的詩人情懷，包容一切的如這胸襟，讓讀者在平淡中自己去體會，這個故事對於小說中的三個人來講都是悲劇，而作者仁慈地原諒了每一個人，尤其是對男主人公于樂天的原宥，這讓我們敬佩萬分。

然而在這樣的開頭結尾之中作者所採用的手法顯然是受傳統文學的潛移默化，就在這樣簡短的開頭裡，我們讀到了我們自己文學的民族性，那種流暢的語序，溫和的筆觸，精緻而不繁雜的描寫，恰到好處的刻畫，我想龍頭豹尾，作者當之無愧。

最後我們來看中間的這個場外

我覺得這中間的一段是作者最精心打造的一部分了，把重中之重放在場外去寫，這本身就體現了作者的一種哲學取向，傳統文化的流露就在這樣的字裡行間。那麼我們口口聲聲講作者受中國傳統文學的影響，從中看到了中國傳統小說的技巧，那麼是不是

作者就是簡單的復古主義呢？顯然這樣想就低估了作者，作者的別出心裁就在這樣的中間一段。

首先作者在中間這一段採用了戲劇的交互方式，一反中國傳統小說以故事情節取勝的寫法，將故事情節統統刪掉卻又讓讀者知道故事情節的推進，原本要通過描寫的地方統統沒有了，取而代之的是人物的對話，這樣整個第二部分就成了一齣不是戲劇的戲劇。

這樣的一段對話描寫實在是精彩，男女主人公你一言我一語，故事推進緊鑼密鼓，幾乎讓人喘不過起來，跌宕起伏的情節描寫都被作者意化到人物的語言對白之中，在那個昏暗的角落裡，在人們目光的邊緣地帶，正在上演著一齣驚人的鬧劇，在一片喜慶的外圍兩個有著千絲萬縷關係的人物在那裡算著陳年舊帳，對比起第一部分的場景這是多麼的諷刺而戲劇性啊！

作者當真是妙筆生花，靜思巧妙。即將成為于樂天新娘的那位姑娘叫「芳」，而面前這位往日的情人也叫「芳」，試想男主人公在稱呼未婚妻「芳」的時候是否會想起前女友「芳」？他在和前女友說話時張

口就是一個「芳」，一個早就不屬於他可他卻又不得
不天天掛在嘴上的稱呼──「芳」，這種痛苦恰恰是
啞巴吃黃連的感覺。

從二人的對話來看，于樂天有沒有真正的愛過誰
呢？這是又是作者拋給我們的一個深沉問題。他愛未
婚妻「芳」是因為她有錢，他愛前女友「芳」是因為
她漂亮。一邊是利，一邊是色，似乎這個男主人公並
不真正理解何為愛！

子曰：「食色，性也。」假如我們把食拓展開
來看那就是「利」，那麼于樂天不管追求什麼，都屬
於「性」，屬於人的天性，我們是否就應該對他大加
斥責呢？作者悄悄地暗示我們，于樂天已經受到了懲
罰，他的金錢夢被打破了，既然已經受到了懲罰，那
麼作者就沒有再對他進行過多的諷刺，畢竟「食色，
性也。」

在這裡我們總是能夠感覺到作者的溫和，他的
文章溫文爾雅並沒有用辛辣的語言，也沒有過激的諷
刺，他的素雅清淡濤聲依舊！

然而作者在我們都沉浸在他這種清淡素雅的情懷

中時，輕飄飄地添了一筆人物動作的描寫，這就是當于樂天得知他的金錢夢破產，急忙走向場內的時候，「女郎搖著手提包，慢慢地跟在後面走著。」這是一種報復成功後短暫的快感與暫時的愜意！像這樣對人物內心深處的細微刻畫顯得言簡意賅，留給讀者無限想像的餘地，使一篇簡短的文字豐滿起來，使有限的文字所承載起來的內涵異常深厚。

小說冠名以〈三部曲〉，然而這又並不是真正的所謂三部曲，作者以一種獨特的筆調來組織文字，既沒有環境場景的鋪陳描寫，也沒有對人物形象進行細緻入微的刻畫，開頭結尾只是採用素描甚至是簡筆劃的手法，寥寥幾筆就刻畫得惟妙惟肖，而中間一部分則是以簡潔明快的對話形式，將人性深處的微妙情懷融入人物對話之中，讓讀者緊跟人物在情節中前行，從而深刻體驗人物的內心世界。

一個簡單而有深意的故事，在作者筆下以洗練的語言精緻地表現出來，然而就是這樣的一個故事，作者依然敘述得有間架、有曲折、有順逆、有映帶，有隱有現、有正有閏，將三個人物之間的情感糾葛刻

畫地回環往復，一方面以男主人公與未婚妻「芳」之間的離合為線索，另一方面又是以男主人公與前女友「芳」之間的離合為線索，兩條線索一明一暗、如隱若現糾葛在一起，作者採用背面傅粉的方法從容不迫娓娓道來，如此筆力實屬難能可貴！

　　以如此短小的篇幅結構這樣的一個愛情故事，並由這個故事闡述作者心中的愛情哲學，在金錢和美色之間的愛情都不是真正的愛情，作者並沒有告訴我們到底什麼才是真正的愛情，而是留給我們相對的空白自行領悟。

筆入三分，峰迴路轉

——淺析蔡文甫小說〈移愛記〉藝術手法

周浩春*

摘　要

在〈移愛記〉這篇作品中，蔡先生將朦朧昇華爲一種美。「移愛」這個詞既是全文的中心，也是作者將我們引入他事先精心構造好的「陷阱」之中的一個「武器」。在作品中，作者對於人物的描寫可謂眞正做到了

以假亂眞。整個作品的結構顯得非常的完整
與縝密，並且從前到後都有著千絲萬縷的聯
繫，前後鋪墊、互相照應。在故事情節構造
方面，可以說是想像奇異。同時，作者的高
明之處就在於以其奇異的故事情節，爲讀者
展現出了現實生活中眞實存在的各種各樣的
情感及倫理問題，引發人們對於這些有著現
實意義的問題深刻的思考，進一步提升了作
品的思想性。

關鍵詞：蔡文甫、移愛記、小說、朦朧之美、
細節描寫

---

*周浩春，男，現爲鹽城師範學院文學院二年級學
 生、鹽城師範學院蔡文甫研究所成員。熱愛文學創
 作，多篇作品在各級各類報刊和雜誌上發表。其
 中，作品〈家中久無大棗茶〉被《新民晚報》選
 用。

　　蔡文甫的短篇小說〈移愛記〉收錄於一九八四年（民國七十三年）九歌出版社出版的同名小說集《移愛記》第三十五至五十四頁（註1）。小說以男主人公顧惠年與兩位女主人公范明婉、范明芬姐妹之間曲折離奇的愛情故事為主線展開描寫，營造了一系列曲折離奇的故事情節。蔡文甫以獨到的「陷阱」設置技巧，牢牢地把握住讀者，我們在讀到五十頁之前，男主人公顧惠年始終是以一個虛偽的負心漢的形象展現在讀者面前的。一直等到小說要結尾時，蔡文甫先生才對顧惠年的真實形象通過主人公之口進行交代。原來，之前所有的事都是范明芬和黃富敬、顧惠年一起演的一場戲。讀者在閱讀該篇作品時，其思維的主觀能動性往往會削弱，並最終為作者所設置的「柳暗花明又一村」似的結尾所震驚，顯示了作家高超嫻熟的創作技巧。

1　蔡文甫，《移愛記》，九歌出版社，1984年。

壹◎朦朧之美，恰到好處

朦朧，在許多時候總給人一種模糊難辨、捉摸不透的感覺。但是，在這篇作品中，作者卻將「朦朧」昇華為一種美，這樣一種美的展現手法酷似一種天氣的變化過程：由漫天迷霧到晴空萬里，這之間的變化少一步都不行。蔡文甫先生所構造出的朦朧之美酷似一層窗紙，窗外的人們只能依稀地看到窗內的些許事物，這讓他們不斷地想像窗內的一切。只要將窗紙稍稍點破，一切都會明朗。但是，點破窗紙卻往往破壞了這樣的一種美感。只有等到主人打開窗戶的那一刻，才應當是恰到好處的，此時所看到的窗內的一切才應當是最美的。窗外的人也只有在此時才會感到「豁然開朗」。讀這篇作品也是一樣，蔡文甫先生在五十頁之前的描寫就如同是一層窗紙，而在五十頁之後的內容才是窗內的事物。

人們常說題目是文章的眼睛，在〈移愛記〉這篇作品中，蔡文甫先生為我們很好地驗證了這句話。

在我看來，「移愛」這個詞既是全文的中心，也是作者將我們引入「陷阱」的一個「武器」，從三十五至四十九頁的閱讀過程中，我一直認爲本篇作品中的「移愛」的主體是顧惠年，而這樣的移動是顧惠年將自己的愛從范明芬的身上移動到范明婉的身上。而實際的結果卻是完全地出人意料。等到讀完整篇作品之後，讀者才能發現：原來，「移愛」並不能按照先前的初步印象來理解；而應該這樣來理解：范明芬就如同是厄洛斯（註2），是她將愛情之箭射向了姐姐范明婉。使得這個自卑的、不願接受愛情的女主人公最終慢慢地開始接受愛情，作者雖然沒有在結尾處點明，但是我們卻不難從文末的一段描述中發現范明婉已經開始接受顧惠年了。文末在提到范明婉離開舞會的那個場景時有如下的描述：

「小顧見她沒有作聲，又搶著上前說：『送妳回去吧！』她本想說：『你還是留在這兒找機會吧！』但到舌尖的話，仍然忍住。衝出園門時，仍聽到小顧

2　希臘神話中的愛神。

的笨重的腳步聲，緊貼在身後響著。不知爲什麼，她心中突然升起了要痛哭的感覺。」

通過這樣的一段描寫，作者雖未正面點出范明婉的態度，但從劃線部分這樣一個小小的細節足以看出她的態度已經發生轉變，這樣的一個過程才是作品本身所要表現的「移愛」的內涵。

留白是國畫創作中一個很重要的手法，讀完作品後，我們不難發現，蔡文甫先生已經將留白手法運用到了這篇作品的創作過程之中，使得全文的朦朧之美上升到了極致。

全文最突出的關於留白手法的運用在第三十八頁：

明婉不知臉上或是身上出了什麼錯，感到怪不好受。連回他一眼的勇氣都沒有──突然之間覺得對他完全陌生，一點都不了解，怎會和他產生一種默契，站在妹妹身旁，要共同地欺騙明芬。

哦！原來是心理上的負疚，才使她抬不起頭來。

這樣的一段一問一答似的心理描寫解答了讀者的疑惑，但是這在全文中是很少見的，讀者大多數的疑惑，作者都未及時明確地解答，一般都是留給讀者自己思考或是延後給出答案，這就是作者對於留白手法的運用。

在這裡我們並不能將本文的結尾方式簡單地理解為契訶夫小說似的結尾，因為作者看似沒有給出答案、留給讀者以想像的空間。但作者實際上已經沒有必要再給出明確的答案了，從上面的一個細節中我們已經很明顯地看出作者對於留白手法的巧妙運用。既然已經達到「此時無聲勝有聲」的效果，我們又為何要破壞作者精心營造的這樣的一種美感呢？

貳◎細節描寫窺斑見豹，人物刻畫「以假亂真」

蔡文甫先生很注重細節描寫手法的運用，且不僅僅是單純的運用。他在運用細節描寫的同時，往往注重聯合其他的表現手法，這也是我們在閱讀蔡文甫先

生的作品時並不會感到乏味的一個重要原因。

　　比如說，在文章的開頭有這樣的一段描寫：「輕輕地，不要弄出任何聲音，你要像平時一樣：安靜、從容、步態自然、動作輕盈……『當──』面霜的蓋子，倏地從手中跌落，除發出意外的聲響外，還在賽鋼鐵的磨石子地面，畫了個半弧，才乖乖躺下。」

　　這段描寫不僅同時運用細節描寫和側面烘托的手法展現范明婉因對顧惠年的安排感到擔心以至於慌張地摔下手中的面霜的表現，在描寫面霜掉下地時也以擬人化的語言給讀者提供了一個形象生動的畫面。而且借用電影中常用的「蒙太奇手法」，以顧惠年的一段話作為全文的開篇之筆，既引起讀者的閱讀興趣，也為下文做出鋪墊，更重要的是為下文中作者離奇情節的布置安排好引子。

　　再比如，在文章中有這樣的兩處描寫：「他像隨即發覺言語矛盾」（註3）、「彷彿突然想起什麼」（註4）。這兩個簡短的神態描寫又將顧惠年當時的內心活

3　蔡文甫，《移愛記》，九歌出版社，1984年，頁43。

動展現地一覽無遺。如此精彩的細節描寫也爲作品中
人物形象的展現做出了有力的奠基。

　　在該篇作品中，作者對於人物的描寫眞正做到了
以假亂眞。尤其是對顧惠年這一人物的刻畫。在作者
揭示「移愛」的眞正含義之前，一直給讀者這樣的一
個假象：我想大多數的讀者在第一次閱讀這篇作品時
都有這樣的感受，那就是認爲顧惠年是一個負心漢。
作者在文中設計了多個假象式的細節，從某種程度上
來說，這也許就是蔡文甫先生作品中所特有的「動作
雙關美」，在讀者知道眞相之前，這樣的動作看似是
一種猥瑣的表現，但是當讀者知道眞相之後就不難發
現，那是一種愛的展現。眞正是以假亂眞，完全把握
住了作者的情感。

　　我們依舊可以運用上面的這個事例對以上觀點進
行論證：

　　「不知道──」他像隨即發覺言語矛盾。「是黃
富敬的一個什麼親戚！」

　　我在第一遍讀這一段的時候就在旁邊做了這樣的

4　蔡文甫，《移愛記》，九歌出版社，1984年，頁45。

一段批注：靈活、善騙、「謹愼」、巧舌如簧的謊言家。從當時對於本篇作品的了解程度來講，這樣的一種認識看似很契合。但是，當我第二遍再讀的時候卻在旁邊做了如下的批注：這完全是因爲顧惠年的緊張所造成的。

參◎高潮迭起，前呼後應

　　一般的文學作品只有一個高潮，但是在〈移愛記〉這篇小說裡面我們卻能發現有兩個高潮，這與全文的結構設置有著很重要的關係，全文以范明婉和顧惠年在舞會草坪上的最後一次對話爲分水嶺，將全文劃分爲前後兩個部分。在前面一個部分，作者設置了一個小小的高潮，在書中的第四十二頁到第四十三頁有如下的一段精彩的描寫：

　　明婉沒有搭腔，她不知道如何去找黃富敬，更不知道小顧要如何改變計畫。現在隱約地猜測到黎立志是他們計畫中的主要配角，是時刻離不了的靈

魂人物。

．．．．．．．．．．．

「這兒的主人是誰？」

「不知道──」他像隨即發覺言語矛盾。「是黃富敬的一個什麼親戚！」

「那你怎麼會按時來這兒？」

「是黎立志通知我的。」

「不對！」明婉大聲尖叫，憶起黎立志說很忙，而且不知道往何處去的回答，忽然覺得心中升起了受騙的感覺。「黎立志現在又去哪兒？」

這一段的描寫，尤其是范明婉的一聲尖叫吸引了所有的讀者，這也成爲了本篇作品中的第一個高潮。

文章的第二個高潮直接設置在了結尾部分，這也是作者區別於他人的地方，在書中的第五十三頁講到：

對妹妹如此的苦心，想出各種辦法成全她，應該感激才對：可是，她聽不慣小顧的腔調（穩可獲

得勝利的那種姿態），心中隨即升起很大的反感。覺得妹妹和外人連成一線做圈套，不透露一點內情，太不把她當姐姐看待了。

…………

「我不見任何人。」

「明芬呢？」

她用不著回答這樣的笨話，只是迅速移動腳步，用事實證明自己急於想離開這兒。

…………

我們不難發現，作者在描寫兩個高潮時，都以生動傳神的語言展現出主人公栩栩如生的形象，並且運用了大量的修辭手法和寫作技巧。但是，技巧雖多，卻都用得恰到好處、「油而不膩」。因此，讀者在閱讀的過程中才會潛心認真地深入到作品的內容之中，要不然，只會感覺這篇作品是花俏的寫作手法的堆砌。對於各種藝術手段的熟練運用，也是蔡文甫先生寫作手法的成功之處。

整個作品的結構顯得非常的完整，並且從前到後

都有著千絲萬縷的聯繫，前後鋪墊互相照應。

　　比如說，在第四十九頁到第五十頁的一段描述中就講到：

　　因為他不清楚客人到家中來的目的，一律用拒絕的態度。如果一不小心，客人就是為了「相親」而來，纏著要郊遊、約會，接著就是戀愛啊、結婚啊，煩都煩死了，不如一概不理。

然而造成明婉這樣的一種態度的原因實際上在前面已經提到了。在第四十頁到第四十一頁就已經做出了交代：

　　不錯，她感到自卑，但那是環境逼迫她如此的：男友一個連著一個來，也一個連著一個去，怎樣也猜測不出原因，那麼一定是自己長相太差，得不到別人的欣賞；但是，他們最初怎麼會願意和她結識、和她來往呢？……

作者早已經在上文為她的這種態度做了很好的解釋。

〈移愛記〉這篇作品，可以說是想像奇異。如果撇開想像的角度不談，我們可以發現這裡面充滿了各種各樣的情感及倫理問題，引發人們的思考。比如說明芬這樣的一種做法，到底會不會得到其他人的接受，另外，明婉時刻在關心妹妹，這也說明了她對妹妹明芬的親情之深。這些問題是超越文本內容本身、並且很能引發人們深思的問題。

肆◎結論

如果用一句簡單的話來形容〈移愛記〉這篇作品的話，那麼我認為應當是：「一個假象之外的另一個假象。」兩個假象的結合，到了「負負得正」的效果，共同展現出了這篇作品內部所要展現出的關於「人性」的問題。

總而言之，這是一篇非常成功的、能夠較為全面客觀地展現蔡先生寫作水準、並可以看作是蔡文甫先生的代表作之一的作品。作者以奇異的想像，加之一

波三折的情感激盪。使得讀者有了一種「不過癮」的感覺，也正是因為這樣的一種感覺，才使得讀者層層深入、聚精會神地閱讀完這篇作品。一個個鮮活的人物形象作為本篇作品中吸引讀者眼球的第二個砝碼，伴之以對描寫手法和藝術手段爐火純青似地運用，更進一步地增強了這部作品的「獲勝力」。

作者深諳「艾布拉姆斯文學四要素」（註5）之間的關係，知道讀者對於作品價值的重要性。整篇作品通過各種各樣的手法始終將讀者緊緊地扣在作品的思想主線上，這也是此篇作品獲得成功的又一個至關重要的因素。

5　艾布拉姆斯文學四要素：即從作品、宇宙（世界）、作家、讀者的四種視角來看待文學的見解。文學四要素說提出後，在文藝學界被普遍接受。

不盡的文化芬芳

——蔡文甫回鄉記

古遠清

　　九歌文教事業群總裁蔡文甫攜夫人郁麗珍、女兒蔡澤松於金秋季節回到闊別多年的故鄉江蘇。他從台北直飛南京，鹽城師範學院派專車迎接。一踏上南京這片舊地，他不禁想起一九四九年南京大撤退，自己從舟山群島到了台灣，再也無緣親炙這座繁華的大都市。現在再次回來，仍見江山依舊，物是人非：無論是河川、村舍，還是田埂、人群，均不似記憶中的原來模樣，失去的童年再也找不回來，這真如唐詩所云：「少小離家老大回……兒童相見不相識，笑問客

從何處來。」

　　從南京到鹽城，一路不是高樓大廈就是一望無垠的田野。小轎車一路飛馳，不再有往昔坐小木船時碰到地痞、水匪、路霸、傷兵前來糾纏。沿途看到許多熟悉的地方名，有如在夢境中一閃而過。正沉醉在山鄉水色和賀知章寫的「唯有門前鏡湖水，春風不改舊時波」意境的蔡文甫，忽聽司機說：「到家了！」可這裡並沒有小木橋、土地廟，更無螢火蟲和風車，這顯然不是他的出生地建陽鎮，但離久違的故鄉只有半小時車程，因而也等於是到了家。親戚不是過世就是在上海、武漢，當然不可能前來迎接，但有鹽城師範學院的校長和中文系的教授送來的一大束鮮花，使他感到不是親情，勝似親情。這時他想起家鄉不再是過去無公路、鐵路、機場的窮鄉僻壤，又想起過去腦裡縈繞過多時的宋人周邦彥的「故鄉遙，何日去。」現終成遙遠的記憶。

　　二〇一〇年十一月六日晚，鹽城師範學院歡迎晚宴在該校翰苑賓館墨香廳舉行。出席者沒有政府官員，只有教授級的校領導和當地名流，另有遠道而來的蘇州大學、揚州大學、中南財經政法大學教授。筵席間彼此不談兩岸統一之類的敏感問題，更沒有上次返鄉時有人趁他來時搞「招商引資」。和這些學者、作家邊吃邊聊，內容不是曹雪芹就是余光中，還有人

引用大陸帶有黑色幽默的順口溜，使蔡文甫感到十分愉快。尤其是帶家鄉風味的菜肴和點心，使蔡文甫一家餘香滿口，一路的勞累在主客的談笑中全都煙消雲散了。

　　第二天，「蔡文甫創作研討會」在鹽城師範學院國際會議中心舉行。主持人爲副校長、鹽城市文藝評論家協會主席溫潘亞。校長薛家寶致歡迎辭後，另有江蘇省台港暨海外華文文學研究會會長曹惠民、鹽城市文聯主席暨鹽城市作家協會主席王效平、文學院院長陳義海先後致辭。輪到蔡文甫致答辭時，他說：「大家都把我當作一位作家來討論，使我坐立不安。其實，我只是一位天生的凡夫俗子，只在鹽城上過九天初中。」由一位文化不高的所謂「初中生」成爲一位文學家，由五塊銀元起步打拼而成爲一家出版社，成爲大學教授爭相研究的物件和大學生寫論文的目標，這是蔡文甫本人勤學苦練、磨礪多年，一磚一瓦建築自己的小江山所得的回報。接著，薛家寶校長向蔡文甫贈送禮品，儀式結束後與會代表在主樓北門外集體合影。茶敘完畢，溫潘亞、蔡文甫分別爲蔡文甫研究所、蔡文甫藏書室揭牌，研討會人員紛紛在研究所門前照相，蔡氏一下成了明星，個個爭著和他合影，以留下這歷史的難忘一刻。當蔡文甫來到藏書室，面對一排排自己非常熟悉的著作和九歌出版社出

版的《中華現代文學大系》，不禁心緒萬千：想不到這些繁體字書籍竟千里迢迢通過海運回到了故鄉，既欣慰又遺憾，他連說「書太少了，太少了，以後還要不斷地補充。」

在大陸，台港文學研究所一類的機構遍地開花，但以台灣作家命名的機構，「蔡文甫研究所」是頭一個。這個研究所的所長是鹽城師範學院教務處負責人沐金華，在他主持的研討會上，眾多師生發表了一系列論文：

1. 古遠清：蔡文甫與台灣當代文學

2. 曹惠民：蔡文甫精神之魅力

3. 孫曉東：穿行於傳統與現代之間的蔡文甫小說創作——以小說集《船夫和猴子》與《小飯店裡的故事》為例

4. 王玉琴：蔡文甫小說的美學特徵——以〈誰是瘋子〉為考察中心

5. 李　偉：對映體結構形態處理技巧——蔡文甫小說《愛的泉源》藝術探討

6. 潘海鷗：愛情的考驗考出了人性的美醜——讀蔡文甫先生的《雨夜的月亮》

7. 徐　峰：拯救與呈現——蔡文甫中篇小說集《玲玲的畫像》淺析

8. 陶文靜：追尋心靈最高的真實——淺談小說
〈鴿子與田雞〉的畫面描寫及象徵意義

9. 張平：淺談蔡文甫短篇小說的意識流手法

10. 王金陽：另闢蹊徑的愛情哲學和情節結構
——蔡文甫短篇小說〈三部曲〉讀後

11. 周浩春：筆入三分，峰迴路轉——淺析蔡文甫
小說〈移愛記〉藝術手法

筆者宣讀時，臨時將題目改為〈五個蔡文甫〉，從文學家、教育家、編輯家、出版家以及鹽城人五個角度去闡明蔡文甫對台灣當代文學和家鄉的貢獻：「作為出版家，蔡文甫選題嚴謹，並十分注重參與台灣文學史的歷史建構。他主持出版的兩套《中華現代文學大系》是向文學史交卷，為台灣文學史的書寫發聲。作為教育家，他培育了不少拔尖人才。作為編輯家，蔡文甫開啟了文學出版市場的黃金時代。他主導高等學校文學教育論戰並結集成《大學文學教育論戰集》由《中華日報》出版，成了台灣當代教育史和文藝史的重要文獻。他嚴於律己、為人正直，以清廉著稱。他在主編《中華日報》副刊時，和做中學教務主任一樣不要工資以外的報酬，沒有在自己編的副刊發表自己的文章，也從未在《中華日報》領過稿費。他創設和舉辦歷屆梁實秋文學獎，同樣不領評審費和車馬費。

他千方百計為作家的精品申請獎項，只盡心做一個為讀者選稿、為作者服務的平凡編輯，維持版面的清純和高品質而已。凡是《中華日報》副刊的專欄文章結集成三十多冊，成為「中華日報叢書」，他也不擔任主編。作為小說家，蔡文甫的作品是一種傳統的創化。他有意淡化作品的戰鬥性，而著力強調精神性的因素。《天生的凡夫俗子》則是一本能給人思想養料的回憶錄，同時也是一本具有文學史和出版史料價值的好書。作為鹽城人，他在台灣為家鄉人爭光。他那坐落在台北市八德路上的『蔡一街』（據說，當時九歌有兩家書屋，還有辦公室、倉庫等建築，文友乃以此戲稱），實實在在是『鹽城街』啊。」

曹惠民在總結這場研討會時，謬獎我的論文是兩岸唯一的全方位研究蔡文甫的論文，很有宏觀氣勢。我在評講論文時，則充分肯定四位學生對蔡文甫作品的細讀，使人覺得後生可畏，蔡文甫研究後繼有人。不足之處是微觀研究多於綜合研究。今後要將蔡文甫研究推進一步，必須抓「蔡文甫評傳」一類的拳頭產品。我還說：「鹽城不僅出鹽，還出名人，現在又多了一位台灣來的著名出版家。我羨慕之極，恨不得現在就申請加入鹽城籍。」曹惠民回應說：「你有高血壓，不能多吃鹽，你做鹽城人不合適啊。」在午宴時，我和蔡文甫同席，他對我說：「你的論文溢

美之詞頗多，不過聽了你的發言，發現你是一位雄辯家。」校長聽了後插話：「正因爲古遠清是雄辯家，所以他才敢和大陸的一位文化名人對仗。」

蘇州大學本來邀請蔡文甫到該校講學和舉行贈書儀式，由於行程很緊，贈書儀式改在鹽城師範學院舉行。蘇州大學代表曹惠民答謝說：「蔡文甫贈給我校三套著作和其他重要書籍，我一定發動研究生也一起加入研究蔡文甫的行列。」儀式完畢後，蔡文甫談話會在文學院會議室舉行，參加者有現當代文學專業教師、中文專業學生代表。在這個會上，蔡氏將自己從文學愛好者到成長爲小說家、出版家這一心路歷程，與同學們分享。同學們問蔡老的成功經驗，他謙虛地說：「我這個人很平凡，不值得讚揚。我主持的出版社出書最重要的經驗是認書不認人，不問流派只講素質。一方面要適應市場，另方面又要堅持原則：不出爛書！」這位「新潮中的傳統出版人」問學生自己的鄉音改了沒有，同學們齊聲回答：「鄉音未改鬢毛衰」。

爲使研討會增色，另有兩場講座，我講〈當下台灣的文化與政治〉，曹惠民講〈大陸台灣文學研究的現狀及趨勢〉。兩場報告同樣離不開蔡文甫，離不開九歌出版社這些話題。

蔡文甫在鹽城只停留三天，除出席研討會以及

和師生交流外，還被記者層層包圍。十一月七日吃過早餐後，我突然發現賓館櫃台放著當地出版的《鹽城晚報》、《東方生活報》，分別載有〈蔡文甫研究所昨在鹽師揭牌〉、〈「我只是個天生的凡夫俗子」——專訪著名出版人、鹽城籍台胞蔡文甫先生〉、〈鹽師等舉辦鹽城籍台灣作家蔡文甫作品研討會〉，我連忙「偷」來送給蔡文甫留作紀念。他一家從鹽城到南京，由我一路陪同。我趁此機會，和他聊台灣出版界，聊台灣文壇軼事。我建議他寫出版方面的回憶錄，可他忙得不可開交，更重要的是牽涉到一些健在的人和事，不便執筆。比如有一位名作家的書稿被「九歌」打回票，此人對蔡文甫異常不滿。可蔡氏認為名作家也有敗筆，不能看人出書。我建議是否可先寫好以後再出版，他還是搖頭。我希望他的太太把蔡文甫平時的點滴回憶和言行記錄下來，作為今後研究台灣出版史和文學史的重要史料，郁女士點頭贊成。

和這位精神矍鑠、滿面紅光的老人握別時，感到這位「奏九歌而舞韶兮」的長者大手是這樣有力，這樣溫馨。他不是「男高音」，談吐總是淡淡的，輕輕的，其中卻有著鏗鏘的韻律，不盡的文化芬芳。這韻律和芬芳從台北傳播到南京，又從南京傳播到鹽城，撒播得四處飄香。

——原載香港《文綜》十五期，二〇一一年三月

九歌文庫 1094

人性的解讀
──蔡文甫小說研究

總策劃	江蘇省鹽城師範學院
主編	溫潘亞、沐金華、孫曉東
發行人	蔡文甫
出版發行	九歌出版社有限公司
	臺北市105八德路3段12巷57弄40號
	電話／02-25776564・傳真／02-25789205
	郵政劃撥／0112295-1
九歌文學網	www.chiuko.com.tw
印刷	晨捷印製股份有限公司
法律顧問	龍躍天律師・蕭雄淋律師・董安丹律師
初版	2011(民國100)年8月
定價	220元

書號	0101854
ISBN	978-957-444-776-3

國家圖書館出版品預行編目資料

人性的解讀 —— 蔡文甫小說研究 / 溫潘
亞、沐金華、孫曉東主編. – 初版. --
臺北市：九歌, 民100.08
面； 公分. -- (九歌文庫 ; 1094)
ISBN 978-957-444-776-3(平裝)

1. 蔡文甫 2. 現代小說   3. 文學評論

848.6   10010260

JEN 8/8-3